智元微库
OPEN MIND

成 长 也 是 一 种 美 好

总有诗人解我忧

唐诗心理商谈室

朱广思 著

人民邮电出版社

北京

图书在版编目（CIP）数据

总有诗人解我忧 ：唐诗心理商谈室 / 朱广思著 .

北京 ： 人民邮电出版社， 2025. -- ISBN 978-7-115

-65263-8

Ⅰ．I207.227.42

中国国家版本馆 CIP 数据核字第 20247HG650 号

◆ 著 朱广思
责任编辑 王 微
责任印制 周昇亮

◆人民邮电出版社出版发行 北京市丰台区成寿寺路 11 号

邮编 100164 电子邮件 315@ptpress.com.cn

网址 https://www.ptpress.com.cn

文畅阁印刷有限公司印刷

◆开本：880×1230 1/32

印张：6.75 2025 年 1 月第 1 版

字数：112 千字 2025 年 1 月河北第 1 次印刷

定 价：59.80 元

读者服务热线： （010） 67630125 印装质量热线： （010） 81055316
反盗版热线： （010） 81055315

广告经营许可证：京东市监广登字 20170147号

和诗人一起疗愈心灵

要理解历史人物，首先要理解历史。理解历史可以从两种视角出发：一种是历史视角的历史观，即进入历史的环境看历史，这是一种客观、科学的方式，也是学院派常用的正统研究范式；另一种是现代视角的历史观，即从当下的社会价值观来检验历史。虽然这种方式常常有失严谨，但往往是一种更为有趣，或许也可以说是一种对当下更有启示意义的方式。

那么，在现代视角下，我们怎样看待那些中国历史长河中灿若星辰的诗人们呢？

诗仙李白、诗圣杜甫是一对好朋友吗？
白居易写唐明皇的爱情是因为心有戚戚焉吗？

关于诗人，传说很多，我们的好奇也很多。

华中师范大学的戴建业老师从现代视角解析李白的《将进酒》，他说其实这是一首劝酒歌："'君不见黄河之水天上来，奔流到海不复回。君不见高堂明镜悲白发，朝如青丝暮成雪。'连续的长排比句，呼啸而来的气势，其实就是李白在劝他的朋友喝酒：'来啊！喝酒！人生苦短，过了这个村就没这个店了啊！再不喝就来不及了！'"

不过，李白真的只是在劝酒吗？从当下心理学的视角看，对于一个年轻时颇负盛名、中年时无业游荡的诗人而言，一场酒，也是一场心灵的救赎。从世俗的角度看，李白的一生漂泊不定，难谈如意；而从心理学的角度看，李白又是一个心态开放、乐观向上、善于自得其乐的人。李白的自我疗愈绝不只有喝酒、劝酒这么简单。那么，以现代心理学的眼光看李白，从他的人生故事、经典诗篇与酒局中，能得出哪些心理疗愈的方案，又暗含多少心理科学的概念呢？

本书的作者朱广思，是一名出身名校的心理学界青年才俊，更是一名高产的畅销书作家。国内心理学人中，纯研究者众，但能把具有深度的心理科学深入浅出、引人入胜地表达出来的人不多，广思是其中的翘楚。广思纯学院派出身，这次发挥自身所长，将心理疗愈的众多理论概念与诗人们跌宕起伏的人生经历相结合，将诗人们的困惑迷惘、人生求索以及心灵疗愈的过程展现在大家面前。

在本书中，有年轻人的爱情迷惘，有中年人的事业忧伤，有大城市求生的艰辛，也有那回不去的故乡……作者从心理学的视角，考察了那些脍炙人口的诗词背后，隐藏着怎样的人生真相。作者分析的不仅是诗人，更是千万个不甘于现状、在欲望与现实之间挣扎中的你我。读懂心理学视角下的诗人与诗作，也就积聚了克服人生困境的力量。诗人是感性的，我们总会从这些文人的经历中找到自我的共情；诗作是伟大的，我们也会从这些名篇的解读中获得自我的升华。总有诗人懂我，总有诗人解我忧。

几年前，身为大学教员的我，对坊间众多枯燥的心理学著作颇为不满，曾用戏谑的口吻写了一本通俗的《爆笑吧！心理学大神来了》。虽然该书受到许多同好的认可，但由于时间、精力所限，只能断断续续，以段子的形式成文，松散而难成体系，是为遗憾。但没多久，我看到了广思的大部头著作《心理学演义：心理学家都在研究什么》，一部完整、通俗、流畅的心理学史摆在眼前，多年未完成的心愿已经由一个年轻的后生帮我补全，在赞叹之余，我甚至有些许嫉妒。

更早的时候，面对基层的中小学老师，我曾以教师的祖师爷孔子为例，从心理学的视角分析孔夫子长寿的秘诀，受到老师们的喜欢。我心想，从当下心理学的视角分析古代人物的喜怒哀乐，未尝不是一种有趣且有价值的事，但俗世纷扰，难以静心完成此愿，就耽搁下来了。今天，捧着这本《总有诗人解我忧》，又是心生感叹：广思又来了。一瞬间，诗人李白在黄鹤楼前的那句感慨浮现于眼前："眼前有景道不得，崔颢题诗在上头。"

加油，广思！！！

迟毓凯，广州

目录

第三章

宅男白居易的指路明灯

第四章

身居塞北，在路上感悟人生

第五章

把酒江南，聚会上肆意挥洒

第一章

李白的解忧酒馆

一、活在当下的力量

> 我是一名心理咨询师，在日常工作中，会接触到大量来访者。他们每个人都遇到了自己的人生困惑，譬如有许多人会在失业时感到迷茫。或许我们可以从古人身上，获得一些启示。

唐玄宗天宝三载[①]（744年），在官场不受欢迎的李白，已年过四十。他拿着皇帝给的遣散费离开了长安，开始了漂泊不定的生活。时间很快就过去了近十年，当漫游至位于今河南境内的梁宋之地时，李白与挚友岑勋到隐居在嵩山的元丹丘家中做客。岑元二位恐怕想不到，一场普通的聚餐，让他俩也成为被历史铭记的人物。李白在此写出的《将进酒》，不但记录了这两位朋友，也给人生失意的后人们提供了不少建议。

[①] 天宝三载（744年）改"年"为"载"，至乾元元年（758年）复改"载"为"年"。

当下的"聚焦"

当一个人走出学校、步入社会之后，要面对经济压力，快乐变得越来越弥足珍贵。许多人容易陷入焦虑之中，甚至逢年过节都觉得没脸回家。此时李白给了我们几个建议：第一个，格局要打开。虽然在现实的心理咨询中，咨询师会经常劝你"聚焦"，也就是专注于一件事，但如果你只盯着眼前的忧愁，就会越陷越深，反而难以自拔。如果你抬起头来看，就会有不一样的发现。

君不见黄河之水天上来，奔流到海不复回。
君不见高堂明镜悲白发，朝如青丝暮成雪。

李白做了个很直观的示范：从空间上，黄河有超过万里的长度；从时间上，几十年的时间压缩成一天，仿佛拥有了上帝视角。在这个视角下，一切都会变——天上的河水，会流到低处的大海中去；年轻的照镜者，一眨眼就会变成白发老人。因此，你的厄运，只是暂时的。

许多人此时或许会说："我是小门小户的孩子，没去过很多地方旅行，眼界不够开阔，想让我一下子拥有李白这样的胸怀，是很难的。"如果你顺着这个思路想下去，反而会觉得自己的时间不够，继续加深焦虑。但李白的想象，仅仅是作为酒宴的背景音乐，并不是要单纯地闲聊。因为他也知道，一起饮酒的两位朋友，也都是在官场不得志的人物，拉着他们一起看黄河，也不可能一下子就豁然开朗。于是他又提出了第二个建议：专注于当下。

当下是什么？有人或许会说，当下的情况是，三个失业的大叔聚在一起，目前还找不到工作。但这个观点也有谬误，因为"当下"是一个极小的时间单位。此时此刻，三人正在饮酒，最需要做的事情就是好好喝完这顿酒。至于喝完之后如何找工作，那是另一件事情了。如果你总是在处理手头事务的时候想着别的事情，那就难以沉浸其中，反而处埋不好手头事务。

李白三人此时在嵩山，他可能没注意到，这个发生在禅宗祖庭之一少林寺附近的酒会，契合了一千多年后的正念心理疗法。正念心理疗法本源自东方文化，是和尚们清理杂念的有效方式。

这种源自东方文化的疗法，后来被麻省理工学院的心理学家加以改造，广泛应用在心理治疗中，即不带评价地观察当下的身心状态。

正念者用一种慢节奏的状态，进行自我身体的扫描，再专注于某一种感官的冥想，从而消除焦虑的状态。状态好了之后，人就可以专注于手头的小任务，这也有助于取得成绩。因为任何看似大的任务，其实都可以拆分成无数个小任务，万里长城拆开来看也是一块一块的砖头。只要用心处理好小任务，完成大任务只是时间问题。

上述是适合普通人开展正念心理疗法的方式。李白显然不满足于这种安静的正念，他用事实告诉我们，哪怕在激情洋溢的状态下，照样可以专注。川渝文化给了他独特的松弛感，正如当今川渝人即便面对地震，也不忘打麻将一样。李白如果坐在秀才对面，一定会劝他"人生得意须尽欢"，潜台词就是"别说什么失业不得意，有朋友一起喝酒，当下就是得意的"。即便没朋友，李白也能邀请月亮和影子，凑一个三人局。如果李白看过电影，他一定会觉得自己的一生就像是一部公路电影。他自己作为主角，在每一段经历中都会遇到有趣的人，与其告别后再走向下一段旅程。对于公路电影来说，最圆满的结局就是一路上遇到的所有朋友，最后都齐聚在终点，但李白从未准备进入故事的尾声。在他眼里，所有的路都是"刚刚开始"，接下来的路还很长。

当理想与现实冲突

当然，之前没消除的忧愁，可能不会痛快地离开，因而李白还有第三个诀窍：保持希望，同时目标别定太高。此时的李白年过五旬，虽然已经步入中晚年，但依旧对自己抱有希望。他认为"天生我材必有用"——你可能会说自己一事无成，但或许你只是放大了自身的弱点，你的才能可能在别处，只是你还没有发现而已。

天生我材必有用，千金散尽还复来。
烹羊宰牛且为乐，会须一饮三百杯。

哪怕现在手头的钱都花光了，只要你有一天发现你的才能，就可以靠它赚钱养家，源源不断地有收入。这听上去似乎有些自欺欺人，毕竟我们需要经过冷静分析，才能得出靠谱的答案。但这都是之后要做的事情。此时李白再次强调，当下要好好喝酒、吃饭，并顺便发现了自己的一个"才能"——酒量大，胃口好。如果你也可以激发这方面的才能，面对有酒有肉的餐桌，你便可以沉浸其中，享受美食美酒带来的色、香、味，这些快乐是文字描述难以替代的。

许多人会说："我都已经失业了，当然要一分钱掰成两半来花。我每次吃饭的时候，都在胡思乱想，忍不住谴责自己吃得太多，弄得吃饭也没胃口了。"这显然是用成功者的标准来要求当下普通人。心理学大师罗杰斯认为，当理想自我和现实自我相违背，心理冲突就产生了。"当你的目标定得太高，自己短期内又达不到，就很容易陷入焦虑中，以至于不能安心于当下，吃好眼前的一顿饭。"李白当然不是心中只有积极一面，《将进酒》结尾也落到了"万古愁"上。忧愁虽然很烦人，但是在消除忧愁的过程中，李白却能体会到很多快乐。李白专注的是过程，这让他在每一步上都能得到一些收获感。

笔者在进行咨询工作时，见过许多对自己要求很高的人，他们都不快乐。这种负能量，让他们的行动力每况愈下，进而不断谴责自己，最后陷入无尽的坏情绪循环中。这些人想成为成功者，可是如果连成为一个快乐的普通人都做不到，哪还能有更多进步呢？

钟鼓馔玉不足贵，但愿长醉不愿醒。

古来圣贤皆寂寞，惟有饮者留其名。

陈王昔时宴平乐，斗酒十千恣欢谑。

李白并不想成为圣贤。他在诗中说，"古来圣贤皆寂寞，惟有饮者留其名"。

很多人更喜欢敦煌古卷中的另一版本："古来贤圣皆死尽。"这一句更突出了李白驰骋于天地之间的狂放，也再次告诉你：眼一睁一闭，一辈子就过去了，所以你要更多地把时间留给快乐的事情。圣人是稀缺的，如果当不成，陷入理想与现实的冲突中，只能徒增烦恼，浪费时间。现代的积极心理学强调，个体要对生活中的美好事物，进行积极体验和投入。此时的李白，不仅积极地体验饮酒，而且可能正专注投入手边的其他事情，如倒酒、切肉及放调料等。当一个人怀着这样的心情来做饭、吃饭，很容易发现"原来这些事情这么有趣"。如果一个人完全沉浸在某项活动中，感到高度的兴奋和满足，就可以被称为是"心流"状态。此时压力感很低，创造力却很高。对于李白来说，现在黄河流、酒水流、心流，都汇聚到一处，在史书中浸染出洗不掉的一页。

人生总要有几个"搭子"

上述的观点，有可能依然不足以打动一个陷入消极情绪的人。这时候，李白又透露出一个解决方案：找到可以一起吃饭或聊天的朋友，让情绪流动起来；通过分享喜怒哀乐，让双方在情感上都得到支持和安慰。在心理咨询中，所有来访者都有一个共同特点，即缺乏"社会支持"，身边没有可以倾诉心声的人。心理学家马斯洛认为，在人的心理需求中，有一个层级是"归属与爱"，然而孤独在很多时候会让身体和心灵的健康状态直线下降。在李白看来，和朋友一起喝酒，不仅是一种社交活动，更是一种寻求共鸣和情感支持的方式。此时他身边有两位好友，一向在酒桌上爱出风头的他大声喊出："我给你们唱一首歌曲，请你们认真听。"场面一下子变得更加热闹，旁观者丝毫看不出这是三个失业中老年的聚餐。

主人何为言少钱，径须沽取对君酌。

五花马，千金裘，呼儿将出换美酒，与尔同销万古愁。

最后，李白给失意者的一个小建议是：适当奢侈一把。李白虽不像他所欣赏的曹植那样物质优渥，可是仔细算算，让三人敞开了喝顿酒的钱，他还是能拿得出来的。虽然我们并不能像李白那样潇洒，为了喝得痛快，把好马和好衣服卖了，但也可以适当在二手平台等地方，处理一些暂时用不到的东西，获得收入，让自己可以拿出一笔平时不太敢花的钱。

心理学研究发现，当人们感到情绪低落或压力增大时，消费确实可以在一定程度上缓解负面情绪。因为购物可以转移注意力，使人暂时忘记烦恼，从而改善心情。这种调节机制类似于其他形式的逃避，是一种分散注意力、防止过度紧张的行为。花钱还能触发大脑中的一些奖励机制，因为购买喜欢的东西或享受服务，会带来愉悦感，从而实现情绪调节。

同时，和朋友一起消费，也会增强自己的群体归属感。对于李白这样出手阔绰的人来说，更是如此。最重要的是，花钱给人们一种控制感。在面对压力和不确定性时，人们往往希望通过一些行为来恢复对生活的控制感。花钱就提供了一种相对简单和直接的方式来达到这一目的。虽然卖了好马和皮大衣，但是李白得到了难以估量的快乐。此刻，天地都在李白的酒杯之中，所有的失败事件都随着酒水进入肠胃，被消化得无影无踪。此刻，谁说短暂的快乐，不能变成永恒呢？

二、艺术的治愈效果

在心理咨询中，我们常会遇到一些不太愿意直接描述自己内心情绪的人。这时候，咨询师可以引导他们，用艺术化的方式使其吐露心声，这是一种非常有效的疗法。

唐玄宗天宝年间，李白写出了两首描绘奇景的诗，分别是《蜀道难》和《梦游天姥吟留别》。这两首诗以向朋友讲述的口吻，构想出两个玄奇瑰丽的山中世界，这与如今的某些心理疗法不谋而合——心理咨询师也有通过构建一个"小世界"帮助来访者实现心理治愈的方法。即便你没有李白那样的文字功力，也能有类似的感受。

我的小世界，反复修改

在心理治疗中，有一种沙盘疗法，既属于游戏疗法，也属于艺术疗法。当事人可以在沙盘上构建出一个小世界，将自己内心深处难以言表的想法具体化。人们可以在沙盘上堆出山地丘陵，也可以挖出江河湖海；可以在上面摆上各种沙盘玩具（简称沙具）——人物、动物、植物、建筑、车辆、器具等，来展现自己内心的状态或理想的世界。

在《蜀道难》中，李白用夸张的笔法构建了一个超出现实的蜀道世界。他关于蜀道的海拔高度和历史，并没有遵从实际的资料，而是由着自己的性子描述。

西当太白有鸟道，可以横绝峨眉巅。
地崩山摧壮士死，然后天梯石栈相钩连。
上有六龙回日之高标，下有冲波逆折之回川。
黄鹤之飞尚不得过，猿猱欲度愁攀援。
青泥何盘盘，百步九折萦岩峦。
扪参历井仰胁息，以手抚膺坐长叹。
问君西游何时还？畏途巉岩不可攀。

从诗句中我们可以看出，李白的蜀道世界有多处随性修改的痕迹。先指出秦岭第一高峰太白山有一条仅有小鸟才能飞越的道路，随后又说即便黄鹤这样的大鸟也无法飞越；先告知猿猴也无处攀援，又说百步之内有九个转弯，显然，这是按照人类走路的步子来计算的，"扪参历井"也是人类的动作。这似乎非常矛盾，但李白此时是在自己构建的世界中游览，他想怎么推翻之前的设定，都是可以的。

在现实的沙盘游戏中，当事人经常也会修改自己摆下的沙具。这是非常正常的现象，因为大部分人很难做到绝对的果断，有心结的人更是如此。心理咨询师待沙具全部摆放完毕，并且倾听当事人介绍沙盘上的内容后，也一定会问他之前为什么做出修改。这些都是展现当事人心路历程的重要标志。

比如，李白在诗中，用文字先"摆"下一座山（巧的是，"摆"在四川话中恰好有"说话"的意思），山上有小鸟。但是他过一会儿又觉得，这里不应该有小鸟。他又把小鸟拿走，在山旁边摆上一只黄鹤，显出难以飞越的情状——这说明，他对自己之前的构建还不满意，希望让这个场景的难度更大。为了衬托这一难度，李白又摆上了发愁的猿猴。可是再略一品评，这个场景又实在是令人绝望，而且没有人类的沙盘似乎也缺乏主角。于是他又摆上一个用手摸着心口并叹气的人，这显然就是他自己。

现在处于蜀道世界的沙具李白，似乎困在陡峭的山路上，无论往前走还是退回去，都难以下脚。接下来他向"某君"提出了问题，这可能是他的自问自答，或者是对某位好友的呼叫，因为一个人走这种山路，实在是有寸步难行的感觉。这种进退两难的境遇特别像是我们在人生中遇到的难题：在大城市发展，还是回到家乡？似乎怎么选都不对。幸好李白提供了特殊的解决思路。

在描写蜀道时，他以上帝视角俯瞰蜀道的一切，让本来令人窒息的场景，充满了浪漫气氛。如果一个人在绝境中，还能感受到周遭特殊的美，那么他一定能潇洒地走出这里。

具象征意味的心理意象

沙盘等方式之所以能带来治愈效果，是因为人们在玩沙盘的过程中，仿佛回到了无忧无虑的幼年状态，可以沉浸其中，暂时忘记或淡化眼前的烦恼。李白显然是擅长在心中摆沙盘的高手，如果说《蜀道难》描述的小世界只是在现实基础上稍显夸张，那么《梦游天姥吟留别》中的世界，则完全具有奇幻风格了。这首诗大概创作于李白离开长安之后。李白来到了位于山东的住所，在前往吴越之前，靠想象书写出天姥山的场景。

> 青冥浩荡不见底，日月照耀金银台。
> 霓为衣兮风为马，云之君兮纷纷而来下。
> 虎鼓瑟兮鸾回车，仙之人兮列如麻。
> 忽魂悸以魄动，恍惊起而长嗟。
> 惟觉时之枕席，失向来之烟霞。

在这首诗中，李白直接打破了人间和仙界的概念，甚至比一般的神仙传说更有想象力。如果有一个严谨的批评家在场，他肯定要质疑李白的描述：虎的爪子像钩一样，怎么能弹瑟呢？而鸾鸟的体型，也并不适合拉车。这种神仙和鸟兽混搭的场景，随着李白的想象力毫无拘束地迸发出来，汇成了对自由无限的向往，用刘欢老师演唱的歌曲概述，就是

"我欲成仙，快乐齐天"。

在脑海中对未曾见过的风景进行想象，是古今共通的神游方式。一千多年后，某位歌手也在一首神游北欧森林的歌曲《挪威的森林》中，唱出了异曲同工之妙。

李白和歌手都分享了心中期待的场景，只不过歌曲中的森林比较写实，象征着普通的隐居生活；而李白没有沉迷于人间之情，此时只期待和仙人聚会，象征着一种超脱感。创作这首诗时，李白整个人的状态也与以往有所不同。他似乎被屈原附体，运用了诸多类似《楚辞》的语句，飞到高空中展开一场别致的"天问"，彻底超越了时间和空间的限制。

许多人会质疑，这种想象就好像看特效大片，看的时候确实让人很高兴，但过后仍然一无所有，这不是自己麻痹自己吗？这种想法的潜台词是：我们要每一刻都认认真真地活下去，神经绷得紧紧的，不能有丝毫松懈。这样的理想看似很完美，但正常人坚持不了多久。因为神经就像是弹簧，只有劳逸结合，才能正常用到保质期结束。

　　沉浸在艺术幻想中的放松，是一种自我安慰。**自我安慰是人类必备的技能，因为生活中总难避免苦难，如果自己都不能安慰自己，那么也别希望他人能给自己安慰**。可怕的是，如果沉迷于这种安慰之中，分不清理想和现实，那么就容易变成一个无所事事的空想主义者。在这一点上，李白还是清醒的，在和仙人聚会后，他及时醒来，告诉自己这只是一场梦。

　　许多人梦醒之后，会怨恨这为什么不能持续下去。李白也告诉我们，"世间行乐亦如此，古来万事东流水"。**没有哪种快乐能一直持续下去，就好像没有哪种痛苦能够永恒存在**。在享受过想象的快乐后，李白走出了自创的艺术小世界，选择了一些自己能做的事情：在山间放一只白鹿，让其作为脚力，载着他走访名山，远离污浊的官场。从这个角度来看，李白的思路极其清晰，他不会做自己改变官场的梦，既然现实不可改变，就想办法暂时远离。只要让自己的心态不那么糟糕，将来总还有合适的机会卷土重来。

三、原生家庭的困扰

　　原生家庭是心理咨询中绕不开的问题，总让人喜忧参半。许多人想修正自己的原生家庭，但以个人之力改变环境很难，还不如停止内耗，学会"断舍离"。

　　唐玄宗开元十二年（724年），二十多岁的李白离开故乡，辞亲远游。这一走就是一辈子，他再也没有回到故乡。后来，李白在《蜀道难》中评价家乡风景，大意为："不推荐到四川旅行，因为路太难走。虽然成都还算好玩，但还是不如早日回家。我是本地人，信我准没错。"这未必只是单纯自嘲。四川由于四面环山，形成了独特的巴蜀文化，而李白显然不满足于此。他离开了封闭的环境，真正投入无限的天地之间。

与父母离别，也是成长

如今许多人在远离家乡的城市发展，每年只有几天和父母相聚，随后就是长期的离别。即便连李白这么潇洒的人，也会偶尔伤感一下。他在辞亲远游的时候，反复向四川的山水告别，乃至连天上的月亮也要告别一番，尽管这个月亮会终身伴随他徜徉四方。

峨眉山月半轮秋，影入平羌江水流。
夜发清溪向三峡，思君不见下渝州。

在《峨眉山月歌》中，李白告诉峨眉山的月亮，自己就要顺江而下前往渝州（重庆），恐怕以后就难以和你见面了。此时的月亮，被李白想象成了川中故友的代表，"既然已经决定远行，那就一并告别了吧"。

在同时期的另一首《渡荆门送别》中，李白说"仍怜故乡水，万里送行舟"。仿佛江水舍不得自己走远，一直护送自己。我们都心知肚明，其实这是李白自己舍不得走。四川的美景总是让人感到安逸，但是李白不甘心一辈子都这么安逸下去，他的人生需要冒险。四川盆地对他来说，只不过是大一点的笼子。

既然月亮和江水都有情，那么四川的其他美景、美酒、美食，想必也都让他念念不忘。李白虽然偶尔会伤感一下，写出"举头望明月，低头思故乡"的经典诗句，但他不是后世的柳永、苏轼，不会用大段笔墨来描述自己的思乡之情。李白在《峨眉山月歌》《渡荆门送别》《静夜思》中，都主打景物描写，仅仅用一两句诗来提到故乡。

李白这么写作，并不代表他是无情的人，而是为了坚定自己向前走的信念。他是一个人生的积极体验者，既然已经出门，便大部分时间向前看，不再后退。如果此时还总是想着家乡，就会打消出门游历的念头；但如果转头回家，恐怕他会后悔自己没能在外边混出名堂。

心理学认为，一个人真正成长的外在标志，是和原生家庭分离。只有通过分离，个体才能够逐渐摆脱对父母的过度依赖，学会独立思考和决策，从而发展出更加成熟和自主的人格，能更好地应对生活中的挑战和困难。同时，与原生家庭分离也有助于个体建立更加健康、平衡的人际关系。在原生家庭中，个体可能受到父母的影响和限制，无法完全展现自我。分离后，个体能够更加自由地选择朋友、伴侣和合作伙伴，基于平等、尊重和理解建立起关系。

我们离家后会发现，原来父母的照顾可以被替代，自己也可以照顾自己。这个过程同时也会让我们成长。 我们不知道李白小时候，他的父母给他立下了什么样的目标，是成为文学家，还是继承父业经商？但我们知道的是，李白最终摆脱原生家庭的束缚，走出了和父亲完全不一样的道路。但是，一个人与原生家庭分离，并不意味着彻底断绝关系或否定过去。相反，这是一个循序渐进的过程，建立在相互尊重和理解的基础上——从他之后的潇洒状态来看，李白的家庭大概率给他资助了丰厚的路费。从此，李白成了一个游荡乾坤的行者，就像一颗种子，只有离开树枝才能萌发。而他对家乡的感情，偶尔远远地怀念一下就好，只存在于诗中的最后一两句，点到即止。

停止内耗，其实很简单

许多人在看到李白辞亲远游的时候，会发出这样的感叹：原生家庭是个体成长过程中的第一个社会环境，父母是最初的情感寄托和依赖对象，这种深厚的情感纽带没那么容易被斩断；我们的文化背景，也十分强调家庭观念，这些会使得个体在脱离原生家庭时面临一定社会压力和道德困境。同理，其他已经习惯的关系，无论是工作、婚姻还是友情，如果斩断了，那么当事人都会陷入"分离焦虑"中。

李白显然是要撕掉自己"乖孩子"的标签，为此不惜成为一个传统儒家文化的"叛逆者"。在他看来，想让这种内耗消失，也非常简单，只需要向侠客借来一些心理能量。于是，他选择了战国时期的两段故事来鼓舞自己。

十步杀一人，千里不留行。
事了拂衣去，深藏身与名。
闲过信陵饮，脱剑膝前横。

将炙啖朱亥，持觞劝侯嬴。

三杯吐然诺，五岳倒为轻。

眼花耳热后，意气素霓生。

救赵挥金槌，邯郸先震惊。

"十步杀一人"出自《庄子·杂篇·说剑》。在这一篇中，庄子在赵文王面前展示了雄辩之才，自称他的剑术可以在十步之内杀人，行走千里也无人能够阻挡。而后面提到的朱亥和侯嬴，则是《史记》名篇《信陵君窃符救赵》中的主要人物。虽然朱亥的动作描述只有一句"袖四十斤铁锤，锤杀晋鄙"，但是这"一锤子"着实非常痛快，直接影响了历史的走向。这两段故事让李白心生向往——虽然不能随便杀人，但是快意恩仇、斩断烦恼还是能够做到的，于是有了这首《侠客行》。后来唐代的温庭筠、明代的徐熥和谢榛也都写过同名作品，以表达对这种简单利落的处事风格的向往。

在现实的心理咨询中，大部分来访者面临两难抉择，例如在一段坏关系中感到痛苦，但是又舍不得离开。当不知道该怎么办时，保持现状是最安全且节能的方法。于是，这种糟糕的现状就像是一个养殖场，等真到了要屠宰的时候，被困在里面的生灵已经没有逃跑的力量了。于是，聪明人会找他人借来能量，或帮助自己指明方向，之后就会发现，只要果断些，不利现状就会迎刃而解。

许多人总是在遇到问题时"先看看"，但自己其实并没有看，只是闭上眼睛先躲一会儿。这些人误以为自己可以获得片刻安宁，殊不知，犹豫不决本身就会导致更多的焦虑和压力。久而久之，个体就会形成习惯性的决策困难，连很多小事都要反复权衡。这不但浪费时间，也会让身边人感到不适。

李白用侠客的宝剑作为一个隐喻，告诉我们果断的人生有多么爽快。当遇到难以决策的问题时，不如先一刀斩断，毕竟当断不断，反受其乱。至于斩断后该怎么办，那是另一个问题。现实往往并不容你仔细思考，机会总是稍纵即逝。

李白虽然远离家人的照顾，但是他接下来的人生，也并没有山穷水尽。一段传奇，由此开始。这段传奇也像导火索一样，点燃了当时和后世的无数诗人心中澎湃的自由，也告诉所有中国人，我们的文化中并非只有"子曰""诗云"，还有仗剑天下、笑傲江湖。

第二章

人生坎坷，
幸好还有杜甫

一、外界与内心的相互影响

在面对相似的挫折时，不同人的反应是不一样的，有些人会迎难而上，有些人则选择逃避，这便是采用不同思维模式的结果。人的思维模式并非一成不变，常会受到外界刺激的影响。

唐代宗大历五年（770年），杜甫从衡阳到郴州投奔舅父，行至耒阳，遇江水暴涨，被困断粮。当地的聂县令马上派人送去了白酒、牛肉，杜甫很高兴，写了一首题目超长的《聂耒阳以仆阻水书致酒肉疗饥荒江诗得代怀兴尽本韵至县呈聂令陆路去方田驿四十里舟行一日时属江涨泊于方田》来答谢。根据《新唐书》的说法，杜甫饮食过量，第二天就去世了，有可能是急性胃扩张或食物变质导致的中毒。联想到杜甫在诗作中经常提到的穷困场景，这种情形似乎也可以理解。但杜甫并非潦倒一生，他的出身比李白要高很多。

好的心态，影响万物

　　杜甫按照家族排名称为"杜二"，他出身于一个世代官宦的家族"京兆杜氏"，其中最有名的一位先祖是西晋初年的名将兼学者杜预。杜预的三子杜耽、四子杜尹，分别是唐代诗人杜甫、杜牧的先祖。杜耽一脉早已在东晋时就迁居湖北襄阳，之后杜甫的曾祖杜依艺又定居河南巩县。杜甫的父亲、祖父、曾祖，虽然都只是品级不高的官员，但衣食无忧。杜甫的母亲出身清河崔氏，这是经常与李唐皇室通婚的望族。当时地位最显赫的大族有"李、崔、卢、郑、王"五家，其中李和崔又各分两支，统称"五姓七望"。杜甫在《祭外祖祖母文》中指出，外祖母李氏，是义阳王李琮的女儿、纪王李慎的孙女、唐太宗李世民的曾孙女；外祖父崔某是唐高祖第十八子舒王李元名的外孙。到杜甫这一代，家族已经有些衰落，杜甫直到三十岁才结婚，有可能也与此有关。妻子虽然出身弘农杨氏，可也只是六品官的女儿。

　　李白的每一首诗仿佛都充满了少年意气，根本看不出是多少岁写的。相较之下，杜甫的诗句却可以明显察觉出年龄的变化。唐玄宗开元二十四年（736 年），杜甫考试落榜，二十五岁的他开始了漫游生活。在登泰山时，他写下了著名的《望岳》。

> 荡胸生层云，决眦入归鸟。
> 会当凌绝顶，一览众山小。

关于这首诗的赞誉之词，我们无须多言，仅举两个例子。金圣叹在《杜诗解》中称其结尾"真有力如虎"。乾隆皇帝在《唐宋诗醇》中评价："四十字气势，欲与岱岳争雄。"此时的杜甫，丝毫没有日后穷困潦倒的状态。但同样是登高，同样是写下名作，晚年的杜甫则吟咏出完全不同的感情。

> 万里悲秋常作客，百年多病独登台。
> 艰难苦恨繁霜鬓，潦倒新停浊酒杯。

在这首被称作"七律之冠"的《登高》中，杜甫反复强调自己的不幸，其人生道路可谓充满了艰难险阻。这发生在唐代宗大历二年（767 年）的秋天，当时杜甫登上了白帝城外的高台。不久之后，他沿江漂泊，来到了岳阳楼，再次登上高处。游览这座"天下第一楼",大多数人会心怀喜悦,可是此时杜甫却没有当年游览"天下第一山"泰山时的畅快。

亲朋无一字,老病有孤舟。
戎马关山北,凭轩涕泗流。

在这首《登岳阳楼》中,景色依旧壮丽,但是人的心态完全变了。李白曾在此写出《与夏十二登岳阳楼》,同样是秋天,他看到的是"雁引愁心去,山衔好月来"。即便心中有点不痛快,他在岳阳楼上喝上几杯,看着大雁飞过、月亮升起,也都释怀了。但杜甫想到的却是,亲戚朋友们都不知道怎么样了,自己又老又病,只有一艘小船,加上国家还不安定,心情如坠冰窟。

美国心理学家阿尔伯特·艾利斯认为,人们看到的事情,本来并无好坏之分,只是经过人的加工之后,被赋予了某些意义。由于每个人内心的信念不一样,得出的结论也不一样。不合理的信念中,常常包含"以偏概全""糟糕至极"等成分，这些最终会使人们对眼前的事件做出消极的评估。

所以，同样的岳阳楼，李白写出潇洒，杜甫则写出悲痛。在李白眼中，所有的景物都是为自己服务的，就像是酒席上助兴的舞者。而在杜甫眼中，越宏大的景物，越让自己感到孤独、渺小——当年登泰山时的雄心壮志还在吗？只留下一些对自己和现状的同情，当作一种祭奠。

榜样带你走出黑暗

我们不能指责杜甫悲观。毕竟，一个人坚信的理论决定其所见。李白出身于商人家庭，深知生意场上的波谲云诡，早就接纳了人生的不确定性。虽说他也想当官，但对仕途不顺的现实也不太在意，甚至在平时的诗文中，敢多次调侃孔子。而杜甫家族世代官宦，除了跻身官场，他似乎没有第二条路。正因如此，同样是官场失意，对于李白来说，并不值得大书特书，但对杜甫则是一种打击。然而，才华是遮掩不住的，杜甫的才情就像是套了缰绳的烈马、装入金笼的飞鸟，虽然不得自由，却依旧时不时表露出驰骋翱翔的念头。

儒家的正统观念，当然不鼓励杜甫过多抒发自由奔放的情感。好在杜甫也有给自己打气的方法，他选择了一个偶像——李白，并通过对李白的夸赞，变相实现了自己的梦想。如果单看李杜二人的介绍，我们会觉得他们并非一路人，一定是道不同，不相为谋。杜甫是典型的儒者，心怀对苍生的仁爱，渴望仕途功名；而李白是游侠、修仙者，充满了个人主义。这其实并不矛盾，儒家的祖师孔子，也深深崇拜着道家的祖师老子，并不时透露出对闲适生活的向往——"浴乎沂，风乎舞雩，咏而归"（《论语·先进》）。对于杜甫来说，李白就是天上的月亮，御风漫步于云端，引得自己时常仰望。可是月亮不是月饼，不够实际，看完了还是要弯下腰来耕耘。杜甫为李白写了十几首诗，一直写到自己晚年。自李白去世后，杜甫对他的思念愈发浓烈。

根据日本神户大学教授笕久美子的《李白年谱》记录：天宝三载（744年）四月，待业的杜甫在洛阳与失业的李白相遇，二人一同游历梁宋；天宝四载（745年），二人又在山东相见，一起饮酒赋诗，求仙访道。对于杜甫来说，李白是不受世间礼法拘束的高人，哪怕贬义词用在他身上，也都可以视为夸赞。

秋来相顾尚飘蓬，未就丹砂愧葛洪。
痛饮狂歌空度日，飞扬跋扈为谁雄？

除了上述这首《赠李白》，杜甫也在《与李十二白同寻范十隐居》中对李白表露心迹："余亦东蒙客，怜君如弟兄。醉眠秋共被，携手日同行。"李白在赠杜甫的《鲁郡东石门送杜二甫》中写道："秋波落泗水，海色明徂徕。飞蓬各自远，且尽手中杯！"从诗中明显可看出两人对友情的态度不同。杜甫期待两人如同桃园结义，从此长久作伴；李白则要豁达得多。作为一个四处游荡的人，李白将一生当作一部公路电影来演，从来没和哪个人产生长期的羁绊。他只给杜甫写了四首诗，其中一首还是存疑的。大部分诗是两人在一起时当面书写的，分别后李白寄给杜甫的只有一首《沙丘城下寄杜甫》，表达思念的话语只有最后一句"思君若汶水，浩荡寄南征"。

从人生目标上看，李杜两人也不可能终身相伴。三十出头的杜甫，此时最大的目标是长安，他还是想去官场拼一拼。李白则要去浪漫的江南赏玩，从此他结交新的朋友，非常专注地喝好每一顿酒，诗中再也没有提及杜甫的名字。或许在许多批评家看来，杜甫对李白的崇拜，完全是出于内心的敬仰，不图任何回报。但对于杜甫本人来说，李白不仅是一个能让他暂时放松的对象，还是能给他带来心灵慰藉的人生榜样。虽然二人的目标不同，但是对于梦想的追逐同样执着。

> 心理学研究发现，树立一个榜样，有助于增强个体的自我效能感，使他们更加坚定地追求自己的目标。同时，个体可以更好地认识自己，明确自己在社会中的地位和价值，从而建立积极的自我认同。

有趣的是，李白和杜甫在年轻时都见过文坛前辈李邕，但结果完全出乎大家意料。李邕对当时名不见经传的杜甫大加赞赏，却对李白的才华有些不以为意。据说，李白赠给李邕一首名篇《上李邕》，告诉他"别小看年轻人"。或许正是这些有棱角的人，让杜甫心中本就存在的狂气没有被时间消磨殆尽。这两位颇有性格的文坛前辈的欣赏，为杜甫注入了生命力，让他能在未来不忘初心，避免成为一个沉迷官场的庸碌之辈。

二、在苦难中积极寻找

许多来访者会提出一个问题：如何看待生活中的苦难？苦难似乎是导致心理问题的根源，但当它无法避免时，我们还有另一种方式来对待。

杜甫的一生似乎被苦难所占据。他小时候母亲去世，被姑母抚养。年轻时屡试不第，安史之乱发生后又流离失所。可以说，当时人们经历的苦难，杜甫一个都没有落下。多数读者只是看到杜甫的苦难，却忘了杜甫在疲于奔命时，还能挤出时间写下诸多佳作，这也是他积极的一面。

在苦难中找到光明

杜甫虽然爱描写苦难，但他心中始终充满希望。现实虽然如潘多拉的魔盒那样，释放出各种灾祸，可是盒子底部依然留着一点希望的光，哪怕只有萤火虫那么大。杜甫并没有因为饱受苦难而变得怨天尤人。他从来不直接抱怨李唐皇室的无能，反而多次称呼皇帝为"尧舜"，最多感叹一下混官场不易、做百姓很难的现实。杜甫也总是相信，朝廷有一天能够重新振作。当得知官军取胜后，他丝毫不掩饰自己的喜悦之情。

> 剑外忽传收蓟北，初闻涕泪满衣裳。
> 却看妻子愁何在，漫卷诗书喜欲狂。

《闻官军收河南河北》被称为杜甫的第一快诗。杜甫真心爱着自己的国家，哪怕它已经破败不堪，他仍然像一个力挺国足的球迷一样，保持着心中的热忱。这固然是因为当时的历史条件所限，杜甫难免被一些批评家扣上"愚忠"的帽子。反观晚唐的另一些文人，如黄巢与皮日休等，他们面对社会的动荡，选择通过诗作表达不满，投身于反抗的行列，最后也没能建立起美好的世界。

从另一个角度看，杜甫并不是盲目爱国，他并不淡化现实存在的矛盾。冯至《杜甫传》记载，杜甫在四十岁时写出了反映百姓疾苦的诗《兵车行》，直接指明了大众苦难的根源是不恰当的穷兵黩武。虽然声音微小，但是杜甫依旧用文字提出了改良建议。

杜甫也关心自己的家人，反观他的偶像李白，只有寥寥数篇诗作提及家人。或许是由于李白极少和家人团聚，而杜甫则是个顾家的人。家人虽然在一定程度上使杜甫无法像李白那样潇洒，但他能从自己小家的贫困中，洞察到大众的苦难。同时，和家人的紧密关系，也让他获得了更多的支持。

心理学认为，"社会支持"（即他人支持）对于情绪健康非常重要，而家人的支持占比极大。在心理咨询中，几乎所有带着问题来的人，都在社会支持方面比较欠缺。他们没有办法和身边的人聊自己的痛苦，因此只能求助于心理咨询师。

杜甫经常在诗中抒发情绪，这相当于和身边所有人分享自己的感悟。他和周围民众牢牢绑定在一起，就像树根扎在土地中。因此，面对不顺之事，李白发出的反问是"安能摧眉折腰事权贵，使我不得开心颜"，而杜甫的反问是"安得广厦千万间，大庇天下寒士俱欢颜"。杜甫把民众当作家人，真心希望百姓能过上幸福的生活，以至于常常忘了自己的贫寒。

从诗的内容上看，杜甫也从不想靠描述痛苦来逃避现实。他写下"三吏""三别"、《兵车行》等作品，细致地反映百姓的心声，希望朝廷能够关注底层人民的生活。《自京赴奉先县咏怀五百字》中的名句"朱门酒肉臭，路有冻死骨"，便是为穷人发声，这在当时是极为罕见的。当时的官宦人家只会觉得，"朱门"曾经为国家立下汗马功劳，享有酒肉是应该的；况且酒肉也是"朱门"的私有财产，如何处置和"冻死骨"无关；甚至他们可能质疑杜甫：你为什么不去努力建设大唐，整天只知道在这里抱怨连连！

但是杜甫的官位实在太低，财产也太少。他最擅长的，就是像一个追求真相的记者一样，把自己看到的写下来，通过诗歌的形式记录这段历史，以期某天被皇帝看到，促使其改变不利于百姓的治国方略。相较之下，李白在《古风五十九首》中对边境战争和安史之乱的描述，显得有些冷眼旁观，似乎只是他在修仙途中顺便看见的。不反复咀嚼情绪，正是李白一贯的风格。其中第十四首和第十九首，分别有这样的描述。

战士死蒿莱，将军获圭组。
李牧今不在，边人饲豺虎。

俯视洛阳川，茫茫走胡兵。
流血涂野草，豺狼尽冠缨。

最重要的是，杜甫在苦难中仍旧怀有爱心。许多人是达则兼济天下、穷则独善其身，而杜甫不论穷达，都想着普罗大众。从这个角度来讲，杜甫比李白更有侠气。即便晚年非常落魄，杜甫的豪迈之风还是在他写诗描述景物时自然流露出来，如《登岳阳楼》中"吴楚东南坼，乾坤日夜浮"，依旧气魄雄伟，丝毫不逊于《望岳》中"造化钟神秀，阴阳割昏晓"。

很多人在经历过苦难之后，慢慢黑化了，例如李绅。杜甫从不质疑自己的过去，就像《壮游》一诗里描述的那样，他年少时"性豪业嗜酒，嫉恶怀刚肠。……饮酣视八极，俗物都茫茫"。如今青春虽然如同奔流的江河，一去不回，来不及道别，但他心中仍有热血。这些没完成的梦想，时刻在提醒杜甫。如果你在艰难时期采访他，他一定会告诉你："咬牙坚持下去吧，我还不能死呢！"

现实主义为我赋能

李白让人意气风发，杜甫则让人垂头落泪；李白的诗令人畅快，杜甫的诗则总令人不忍卒读。在生前，杜甫没有像自己所期待的那样受到皇帝的赏识，但他的名望却在去世后与日俱增。每当对比李杜诗篇的优劣时，后世名家基本分为两派——"李杜并列派"和"杜甫更高派"，较少有人认为李白强于杜甫。这其实也不难理解，安史之乱后，中晚唐国力衰退，宋代军事疲敝，再难恢复盛唐时的繁荣景象。因此文人们逐渐失去了豪迈的资格，变得更加现实主义。

单从创作诗文来说，李白可谓信手拈来，才华不可复制，而杜甫则工工整整，是后辈们学习的典范。因此，越来越多的名家倾向于站在杜甫这边。在李杜二人的时代过去不久，元稹评论："李白壮浪纵恣，摆去拘束，诚亦差肩子美矣。至若铺陈终始，排比声韵，大或千言，次犹数百，词气豪迈，而风调清深，属对律切，而脱弃凡近，则李尚不能历其藩翰，况堂奥乎。"大致是说李白都摸不到杜甫的边，更别提触及深刻的思想了。白居易也说："杜诗贯穿古今，尽工尽善，殆过于李。"从这些话中，可以看出二人都夸赞杜甫的诗歌，认为其不仅用词考究、风格大气，也展现了对时代的关注和对人民的同情，更有对国家、民族和文化的深刻思考。这要是放到电影节，不仅能拿个最佳摄影奖，还能拿到最佳剧本奖、最佳导演奖，最佳影片奖也是有可能的。

宋代的苏轼说："古今诗人众矣，而杜子美为首。"苏轼在《李白谪仙诗》中对李白的才华还是肯定的，但其他宋代文人就没这么客气。司马光夸杜甫"最得诗人之体"，却在《资治通鉴》中对李白只字未提。苏辙说："李白诗类其为人，骏发豪放，华而不实，好事喜名，不知义理之所在也。"类比电影就是，李氏电影特效经费足，但是剧本太差。王安石更不客气："太白词语迅快，无疏脱处，然其识污下，十句九句言妇人、酒耳。""白之歌诗，豪放飘逸，人固莫及。然其格止于此而已，不知变也。"在他看来，李白若是导演，就只会拍奇幻片、风月片，戏路太窄，最多拿个最佳特效奖，看多了容易审美疲劳。而他对杜甫的看法则直接用一首《杜甫画像》表达，且看其片段——"力能排天斡九地，壮颜毅色不可求。浩荡八极中，生物岂不稠。丑妍巨细千万殊，竟莫见以何雕镂。惜哉命之穷，颠倒不见收……"他夸赞杜甫的作品，既有李白那样的大制作、大特效，又擅长精雕细琢，写生活中的小事、小人物，思想深刻，是能得电影节大奖的那种佳作。

至此，唐宋八大家中，除了认为李杜不分优劣的韩愈外，其他比较过李杜二人高下的几位名家，清一色地站队杜甫。南宋的朱熹直接批评李白其人："李太白诗非无法度，乃从容于法度之中，盖圣于诗者也……李白见永王璘反，便从臾之，文人之没头脑乃尔……李白诗中说王说霸，当时人必谓其果有智略，不知其莽荡，立见疏脱。"他认为李白只会纸上谈兵，其实在政事上没有真才实学。但谈到杜甫，评价历史人物时颇为苛刻挑剔的朱熹却说，历史上有五位人物可称为"五君子"，他们分别是诸葛亮、杜甫、颜真卿、韩愈和范仲淹。除了杜甫，其他几位都当过高官，只有杜甫一直以小官和平民的身份坚持风骨。

美国诗人王红公说："在我看来，以及在大部分对杜甫诗歌有发言权的人看来，杜甫是任何语言中流传下来的最伟大的非史诗、非戏剧的诗人"。英国广播公司（BBC）也拍摄了纪录片《杜甫：中国最伟大的诗人》。确实，李白的诗句如果翻译成外语，就会少了很多气势，但杜甫的诗在外文环境中依然能被接纳。当然，李白也有同情穷苦人民的诗句，只是很少，其中最著名的一首是在安史之乱期间，即唐肃宗上元二年（761 年）所写的《宿五松山下荀媪家》："田家秋作苦，邻女夜舂寒……令人惭漂母，三谢不能餐。"这也是李白少量流露出惭愧情绪的人生片段。

鲁迅曾点出杜甫能够吸引人的关键，"杜甫似乎不是古人，就好像今天还活在我们堆里似的"。他的喜怒哀愁，让每个时代的人都能切身感受，鲁迅还夸赞"杜甫是中华民族的脊梁"。当一个人，能有终生坚持的道义，做事便更加有力，那些苦难，似乎也只是暂时的疼痛，不能成为阻碍前进的路障。杜甫也明白，自己遇到的这些坎坷，并不是自己无能，而是时代使然。因此，他萌生出改变这个时代的想法。

对于大多数人来说，心理需求都是从低到高发展，先满足了食、色、安全的底层需求，才会想到要建功立业，实现伟大的目标。那些能在饥寒交迫中仍然追求灵魂升华的个体，做了大家想做而不能做成的事情。从这点上来说，他们和那些汪洋恣肆的潇洒人物一样，值得人们仰慕。

当然，上面这些观点只是他人的评论。李杜二人本身是好友，如果排座次，杜甫定会让李白坐头位。如今看来，二人都是唐代诗歌史上的巨匠，他们的诗歌作品都具有很高的艺术价值和历史意义。李白的诗好像古龙的小说，充满了各种意识流的情节；而杜甫的诗则像是金庸小说，夹杂着严肃的历史段落，体现着各个阶层的冲突。所以，二人无论谁被评为"第一"，都不会影响他们在文学史上的重要地位和贡献。如果杜甫知道自己的作品能够感染无数后人，甚至塑造许多文人的价值观，那么他一定会在天上十分欣慰，同时对地上的人们说："我这么难，都坚持自己的信念，你们也可以！"

三、自然疗法：观察生活中的小确幸

　　高压的生活常常让人喘不过气来，许多来访者把我这里当成暂时休息的场所。如果你没有合适的条件经常找心理咨询师的话，也可以在生活中寻找微小的幸福瞬间。

　　唐肃宗乾元二年（759 年）冬天，杜甫为避"安史之乱"，携全家老小由陇右入蜀，来到成都。次年春，在友人的帮助下，杜甫在成都西郊浣花溪畔修建茅屋，史称"杜甫草堂"。杜甫在草堂居住的几年里，虽然依旧贫困，但却不用四处奔波，这成了他少有的闲适时光。

培养小爱好，化解大艰难

穷人守着破屋子，能有什么娱乐项目？杜甫告诉我们，即便没有豪车、珠宝和古玩，也没有那个身体条件去蹴鞠、行猎，还是有很多可玩之物。只要你愿意沉浸其中，不花钱的好玩项目多得是。

> 好雨知时节，当春乃发生。
> 随风潜入夜，润物细无声。
> 野径云俱黑，江船火独明。
> 晓看红湿处，花重锦官城。

杜甫素爱看雨，《春夜喜雨》一扫常见的悲愤之气，仿佛是孟浩然在描述田园生活。杜甫也爱看花，他写出了《江畔独步寻花七绝句》，其中最著名的当属第六首。

> 黄四娘家花满蹊，千朵万朵压枝低。
> 留连戏蝶时时舞，自在娇莺恰恰啼。

有人揣测，黄四娘有可能是风尘中人，杜甫这是在寻欢

作乐，所以他此时的生活还是非常放飞自我的。但这种解释
毫无证据，否则《静夜思》中的明月和《春晓》这一题名都
能附会成女子的名字。结合其他六首寻花的诗，不难发现，
杜甫此刻真的沉浸在艺术欣赏的"心流"状态之中，和李白
豪饮是一个效果。

没有花时，杜甫也会观察周围的万事万物。在一首无
名诗中，他用直白的语言，描述了眼前的景致："两个黄鹂
鸣翠柳，一行白鹭上青天。窗含西岭千秋雪，门泊东吴万里
船。"用字极其普通，却又极其对仗工整。一千多年后的人
们，即便是不懂半点古文，也很容易理解。整首诗就像是一
幅雅致的风景画。

除了看花、看雨、看窗之外，杜甫也把写诗当成自己的
爱好。杜甫在写给儿子杜宗武的《宗武生日》中非常骄傲地
说："诗是吾家事，人传世上情。"实际上，他本人作诗向来
是煞费苦心。正如《江上值水如海势聊短述》中说："为人性
僻耽佳句，语不惊人死不休！"但他依旧乐此不疲。写诗恐
怕是杜甫持续时间最久的爱好。根据杜甫自传诗《壮游》记
载，"七龄思即壮，开口咏凤凰"，可惜这首七岁时所写的凤

凰诗没有流传下来。

小孩子写诗，往往是一种文字游戏。神童们如同搭建积木一样，堆砌出好看的词句，通常都是描述某些景物。成年人似乎不太方便经常玩积木，但是作诗却可以持续终生。小诗人的智商似乎有些超出现代人的认知，但在唐宋这样诗文盛行的时代，七岁能作诗的人也并非杜甫一人，骆宾王、鱼玄机、黄庭坚都能做到，甚至还有位不知名的女诗人就被记录为"七岁女"。

> 在心理学中，有一大类可以直接应用在生活中的疗愈方法，统称为自然疗法。它提倡人们关注衣食住行、阳光、空气、睡眠、洗浴等普通的小事情，同时保持积极的希望，来激发人体的自愈能力。

杜甫正是在生活的一件件小事中，多次获得了短暂的快乐。或许我们都没有实现可以说走就走的财务自由，但玩点不上瘾的小游戏，还是不算奢侈的。

回顾内在小孩，重拾生活信心

杜甫还有一个让自己开心的方法，就是回顾之前美好的日子。唐肃宗上元二年（761 年），杜甫在成都草堂写下《百忧集行》，开篇就回顾了自己童年时的快乐：

> 忆年十五心尚孩，健如黄犊走复来。
> 庭前八月梨枣熟，一日上树能千回。

在杜甫的回忆中，他当年不知疲倦，比小黄牛还活泼矫健。这些描述总能引来自己和听故事的人会心一笑。或许正是因为童年还比较无忧无虑，所以杜甫总有些可怀念的时光，对这个世界也有不少美好的评价，这使他在日后遭遇一连串打击时，并没有真正垮掉。虽然这首诗之后的文字，一下子将杜甫拉回了五十岁的当下，情绪也随之急转直下，最终在"痴儿未知父子礼，叫怒索饭啼门东"中戛然而止，只给了他二十八字的短暂放松。

对于当下不幸的人来说，回忆童年的经历，是一种感情的宣泄，同时也可以更好地了解自己的性格、价值观和兴趣的形成过程，从而增强自我认知。最重要的是，过去的快乐情绪会让现在更加积极，因为小孩子会很容易为小成绩满意。这种乐观的态度会给现在的艰难生活打一针强心剂。

回忆过去还有一个功能，就是让人们从过去的经历中吸取经验教训，为现在和未来的决策提供参考。杜甫晚年在夔州观看李十二娘的剑器舞，该舞者正好是自己小时候认识的公孙大娘的弟子，于是写了一首《观公孙大娘弟子舞剑器行》。前半段写自己小时候看剑舞时的感慨，颇有李白之文风，如果拍成电影，会让人觉得这是女版的《侠客行》。

昔有佳人公孙氏，一舞剑器动四方。
观者如山色沮丧，天地为之久低昂。
㷫如羿射九日落，矫如群帝骖龙翔。
来如雷霆收震怒，罢如江海凝清光。

但再看看现在，盛世已经远离，唐玄宗已经逝去，到处都是荒凉景象。这种巨大的差距是怎样形成的呢？杜甫在其他诗句中已经做出了无数次批评。杜甫所处的时代，普通人无法左右其进程。但我们身处当下，对于自己的发展有着更多的主动权。当我们以同样的眼光审视自身时，就有了扬长避短、重回巅峰的可能性。在遇到困难时，先回顾之前的成就，让自己有一定的信心，再分析失败的原因，如沉迷享乐、疏于学习、消费过度等，接下来要怎么重整旗鼓，答案就呼之欲出了。

我们都希望成为李白，但是都没有李白的天赋，还好有杜甫，可以给我们一个榜样，让我们努力达到更高的境界。2001 年 9 月，天文学家在太阳系内发现了小行星 110288 号和 110289 号，为纪念李白和杜甫，分别命名为李白星和杜甫星。诗仙与诗圣，从此真正在天上相会。

第三章

宅男白居易的
指路明灯

一、普通青年的奋斗之路

从外地到大城市生活，总让很多人感到压力倍增。怎样在大城市立足，拥有属于自己的小房子呢？古代人也常常面对这种问题。

据《唐才子传》载，唐德宗贞元七年（791年），白居易谒见当时已经是知名诗人的顾况，呈上自己的作品《赋得古原草送别》。这首诗大约作于贞元二年（786年），是白居易准备应试的试帖诗习作。按照当时科考规矩，凡限定的诗题，题目前必须加"赋得"二字，作法与咏物诗相似。顾况本来还拿白居易的名字打趣，但看了这首诗之后大为惊奇："能写出这种佳句，居住下来也容易了！"

受打击后的恢复力

白居易生于唐代宗大历七年（772 年）的河南新郑，家族中排行第二十二，自幼便多灾多难。他出生后不久，军阀田承嗣、李正己在中原用兵，许多百姓成为铁蹄之下的牺牲品。九岁时，白居易随父亲白季庚迁居徐州，但两年后徐州也遭遇了战乱。白季庚便把家人送往符离（今安徽宿州符离），可刚喘息了一年，唐德宗建中四年（783 年）又发生"二帝四王之乱"，六个军阀中有四人称王，两人称帝。唐德宗逃出长安，白居易一家也逃往江南。在人生的前十几年，白居易一直被战火驱赶，疲于奔命。可以说，像杜甫四十岁以后的那般经历，这个小小少年已经承受不少。

人在受了挫折之后会怎么样呢？精神分析学家弗洛伊德认为，会启动某些心理防御机制。对于儿童来说，攻击是一种常见的方式。他们如果打不过直接对自己进行攻击的对象，就容易转移攻击目标，去欺负比自己更弱小的对象。这是一种违反社会规则的消极防御方式。而将攻击转化为社会接纳的行为，称作"升华"，是少有的健康防御机制。

在战火中保全性命的白居易，一定见识过不少放弃生存希望的人。他也意识到，身体的死亡固然可怕，但是求生欲消失更为可怕。他不甘心成为混战中待宰的羔羊，想要改变自己的命运。在十六岁时，他为了备考而努力读书，身体和精神都承受了巨大压力。大约也是在这一年，他写出了自己的成名作，尽管大部分读者仅记住了前四句。

离离原上草，一岁一枯荣。
野火烧不尽，春风吹又生。

这半首诗，和李白的《静夜思》、孟浩然的《春晓》、王之涣的《登鹳雀楼》、李绅的《悯农》、骆宾王的《咏鹅》等，一并成为中国儿童最早接触的唐诗。其之所以能给刚识字的孩子看，是因为语言简单易懂，同时充满正能量。这半首《赋得古原草送别》无疑是这些诗中态度更积极的，如果不看后半段的送别部分，这完全就是小人物的励志宣言：虽然野草每年都会枯萎，但它们在来年总能再度焕发生机，就算是野火，也无法将草都烧光，有点春风就又能蓬勃生长。即使野草支棱起来后再次遭遇火烧，也没有关系，它们会在下一年重新萌芽。野草年年见，一定对得起这一路艰险。

白居易的这种做派，有一种小孩子特有的天真，不管困难千变万化，总有主意："坚信我即便被打倒，也能迅速恢复活力。"这恐怕是杜甫这样中年遭受战祸的人无法复刻的状态。孩子的喜怒，往往来得快，去得也快。但是如果这个孩子擅长总结，他会发现，自己其实已经渡过很多难关，现在还依旧活蹦乱跳，看来修复损伤真的是自己拥有的超能力。白居易是神童，自称六七个月时就能指认"之"和"无"两个字，总结过往的能力也肯定不差。他用了一种随处可见的植物作比喻，来给自己更多的希望。

在白居易眼中，自己不是李白那样的大鹏，而是一棵随处可见的小草。他不想着有朝一日能上天成仙，只想踏踏实实地活着，走好脚下的每一步，这才是自己的生存之道。

面对生计问题，如何调整心态

如果你问白居易在生活中最关注的个人问题，他的回答或许会让你大跌眼镜——不是出人头地，不是爱情婚姻，而是拥有一套属于自己的房子。

就像如今在一线城市打拼的年轻人一样，买房是白居易最大的开销。即便古代人口密度没这么高，买房也依旧不容易。白居易在《卜居》这首诗中，就感叹自己来京城二十年，名下都没有房产。

> 游宦京都二十春，贫中无处可安贫。
> 长羡蜗牛犹有舍，不如硕鼠解藏身。
> 且求容立锥头地，免似漂流木偶人。
> 但道吾庐心便足，敢辞湫隘与嚣尘。

白居易在诗中自嘲，连蜗牛和硕鼠都有自己的房子，可是他却无处安身。只要有个小房子，他就很高兴，不管是多不好的地段，只要能立足就好，不用再像漂在水中的木偶一样。如之前描述野草那般，他用来对比自身的蜗牛、硕鼠、木偶，依旧都是小小的形象。如果小事都不能做好，又何谈宏伟的梦想呢？每个人都羡慕李白的洒脱，可是李白出身商贾家庭，又两次成为宰相家的赘婿，自然一生衣食无忧。当一个人不具备李白的财力时，单纯羡慕四处旅行、一掷千金的生活，只能让自己越来越难受。

唐德宗贞元十八年（802 年），白居易来到长安考试，次年成为秘书省校书郎。接下来几年中，白居易几乎每隔一两年，就要换一次居住地。一年后，白居易在长安东城的常乐里，租了已故宰相关播的旧宅东亭。关播深受唐德宗器重，旧宅的环境肯定也不差。白居易此时工作也不是很忙，他在《常乐里闲居偶题十六韵》中，充分表达了自己开心的状态。

茅屋四五间，一马二仆夫。

俸钱万六千，月给亦有余。

既无衣食牵，亦少人事拘。

遂使少年心，日日常晏如。

此时的白居易，虽然依旧没买房，但对生活的其他方面还是挺满意的。又过了一年，白居易将家人安置在离长安不远的下邽县。唐宪宗元和元年（806年），白居易三十五岁，校书郎任期已满。他退掉在常乐里租的旧宅，去靖安里东侧的永崇里租房，在那里温习功课，准备参加晋级考试。毕竟，唐朝的官员并不是铁饭碗，任期满了之后有可能会赋闲，需要等待新的职位空缺。

考试顺利通过后，白居易被派到陕西盩厔县（今周至县）当县尉，历史上许多诗人也都是从县尉这样的小官做起的。唐宪宗元和二年（807年），白居易调回长安，官拜左拾遗、翰林学士，月薪两万五千钱。不久后他成亲，当时已经三十六岁，放到现在也算是大龄青年了，但手头依旧不宽裕。在刚结婚时，他就在《赠内》中，告诉妻子，请做好和我一辈子受穷的准备。

黔娄固穷士，妻贤忘其贫。

冀缺一农夫，妻敬俨如宾。

陶潜不营生，翟氏自爨薪。

梁鸿不肯仕，孟光甘布裙。

他话里话外告诉妻子，只要能吃饱饭就好，不要总想着钱的问题。古代那么多名士，不都没工作吗？相较之下，他有个公务员的铁饭碗，还是挺值得开心的。我们不知道白居易的妻子看到这首诗是什么态度，放到现在来看，许多女性或许会认为，白居易此人太过消极，不值得嫁。正所谓"富贵险中求"，但白居易的行为方式并非如此，他向来以安稳为主。

人类的心理充满矛盾，在毫无期待的时候，容易彻底躺平，过上浑浑噩噩的生活，可是期待如果过高，就容易走上不择手段获取成功的道路。历史上许多官员是穷苦出身，登上高位后开始报复性敛财，而白居易一生清廉，没有富可敌国的白日梦，只想着拥有自己的房产。可以说，这种心态让他安分守己，更是自己的保命符。

由于市中心地价太贵，永崇里的房子也不够住，白居易在婚后租了新昌坊的房屋。新昌坊位于唐长安城外郭城的最东边，相当于北京的五环。虽然长安没有现在的北京这么大，但是白居易骑马从新昌坊出发，去翰林院上班，也要走十多里路，才能到达大明宫右银台门。这种通勤方式非常辛苦，白居易又买不起好马，还不如现代人骑的电瓶车方便。

虽然上班很辛苦，但是白居易还有让自己高兴起来的方法，就是记录自己每一次成功的脚步，具体来说，就是每次加薪都会写诗记下工资数目。在《醉后走笔酬刘五主簿长句之赠兼简张大贾二十四先辈昆季》中，白居易表示左拾遗这个官职，"月惭谏纸二百张，岁愧俸钱三十万"。能有这样的待遇，他都有点不好意思了。元和五年（810年），白居易调任京兆府户曹参军，移居宣平坊，写下《初除户曹喜而言志》："俸钱四五万，月可奉晨昏。廪禄二百石，岁可盈仓囷。"可谓有钱有米，生活上了一个大台阶。于是他又租了一所位于长安南城昭国里的大房子，但是买房子依旧有些困难。

元和十一年（816年）白居易被贬为江州司马，但是没有降薪。元和十三年（818年）七月八日，四十七岁的白居易在《江州司马厅记》中写道："岁廪数百石，月俸六七万。官足以庇身，食足以给家。"元和十五年（820年）夏，他被召回长安，任尚书司门员外郎，但是官职降低了，变成从六品上，收入也会相应低些。一年后，五十岁的白居易终于在长安买到自己的房子。他满意至极，在《新昌新居书事四十韵因寄元郎中张博士》中称："丹凤楼当后，青龙寺在前。市街尘不到，宫树影相连。省史嫌坊远，豪家笑地偏。敢劳宾客访，或望子孙传。"但白居易只住了不到一年，在唐穆宗长庆二年（822年），他调任杭州刺史，两年后又调任洛阳。在《新雪二首寄杨舍人》中，他还怀念长安的那套房子："不思朱雀街东鼓，不忆青龙寺后钟。唯忆夜深新雪后，新昌台上七株松。"长庆四年（824年），白居易任太子左庶子，分司东都，并在洛阳履道里购宅。这是白居易买的较大的房产。《池上篇》描述："十亩之宅，五亩之园。有水一池，有竹千竿。"可惜的是，白居易在这套房子里住了也不到一年，换成其他人的话，大概率会怀疑自己这辈子和房产无缘。唐敬宗宝历元年（825年），白居易担任苏州刺史，在《题新馆》中写道：

曾为白社羁游子，今作朱门醉饱身。
十万户州尤觉贵，二千石禄敢言贫。

诗中只写了禄米有二千石，具体收入没写，但根据唐代的相关法令，加上苏州属于上中下州的上州，约等于八万钱的薪资。唐文宗大和二年（828年），五十七岁的白居易担任刑部侍郎，这是一个正四品的大员，工资也涨了一些。他在《和自劝二首》中说："秋官月俸八九万，岂徒遣尔身温足。"大和七年（833年），六十二岁的白居易，再次被授予"太子宾客"的闲职。《再授宾客分司》诗中写道："优稳四皓官，清崇三品列。……俸钱七八万，给受无虚月。"大和九年（835年），白居易担任太子少傅，这个官阶为从二品，收入更高了，一个月能有十万钱。白居易再次晒工资，写了《从同州刺史改授太子少傅分司》："月俸百千官二品，朝廷雇我作闲人。"唐武宗会昌二年（842年），白居易七十一岁，请罢太子少傅，以刑部尚书致仕。他的退休金是工资的一半，有五万钱。会昌六年（846年），七十五岁的白居易在《自咏老身示诸家属》诗云："寿及七十五，俸沾五十千。"同年八月，白居易去世。

纵观白居易的收入，并没有突飞猛进地上涨，每次上涨也就一两万钱。他也会每次记录下涨薪的喜悦，鼓舞自己再接再厉。这种心态非常适合现在漂泊在大城市的普通青年，即不奢望一夜暴富之类的好运，而能从小岗位上升到稍微高一点的岗位的过程中找到快乐。虽然其中波折很多，对白居易而言，两套房产都未能久住，但他把目光更多地投向积极的一面，对自己越来越满意，人生也越来越快乐。

二、交友的诀窍是共情

在交友过程中，我们常常会遇到一些困扰的问题：有些朋友显得很没有边界感，而有些朋友又过于自闭，都无法建立起比较好的关系。这时候，就需要双方互相理解和体谅了。

唐宪宗元和十一年（816 年）秋天，白居易正在江州司马任上，彼时他经常和客人饮酒谈诗。这种日子对于他来说，倒是还不错。白居易比较注重生活情趣，不光要有酒，最好还能有奏乐相伴。正在此时，他听见附近一艘船中传出琵琶声，以为有卖唱人，心想正巧可以请来助兴。但他没想到，此次听曲不仅勾起了他海量的尘烦，也引出了千古名篇《琵琶行》。

自我暴露的疗愈

白居易和琵琶女的相遇，是开朗善谈与内敛羞涩两种迥异性格的一次碰撞。

琵琶女已隐退江湖多年，不愿意再为他人表演。本来白居易见到她本人的时候，应当说声"得罪"，然后互不相扰——毕竟古代已婚妇女的身份可以直接从发型中看出来，也没有衣食无忧的已婚妇女继续出来卖唱的惯例。白居易大概性格过于敞亮，想着既然来都来了，断没有不听的道理。琵琶女遇到这种对自己"千呼万唤"的人，也只好赶紧弹完一曲了事，免得继续被纠缠。

接下来，琵琶女干脆借助音乐表达不太美好的心情，把多年积压的负能量都弹奏出来。如果听客是登徒子，必然不太会在意背景音乐是什么，只会盯着美人，而美人也只会随便应付他们。但白居易和他的朋友，却从琵琶曲中听出了非凡的演奏技巧和复杂的感情，"弦弦掩抑声声思，似诉平生不得志"。琵琶女的表演可谓技惊四座、绕梁三日。

琵琶女当然也看出这些人真的精通音律，于是把自己的主打曲目都卖力地弹奏出来，曲风从忧愁转为壮烈，好像一个高手放出了大招，瞬间挥剑斩断了周围人的神经。以至于曲子结束后，大家还保持着僵直状态，没人发出一丝声响。

琵琶女此时也打消了心中的疑虑，不再"犹抱琵琶半遮面"，开始主动讲起了自己的故事。她本是长安城最受欢迎的女艺人，引得无数富家子弟为之疯狂。这不由得让白居易想到了当年的自己，"慈恩塔下题名处，十七人中最少年"。如果二人有幸在年轻时相遇，想必是一段佳话。

就像如今"颜值话题"的热度很快消散一样，随着年龄的增长，琵琶女也不再受欢迎，于是她选择成为一名商人的妻子。然而这样一来，她虽然生活无忧，衣食不愁，可是无人陪伴，日常浸泡在空虚寂寞的苦水中，常常像婴儿一样，在半夜哭醒。

门前冷落鞍马稀，老大嫁作商人妇。
商人重利轻别离，前月浮梁买茶去。

去来江口守空船，绕船月明江水寒。

夜深忽梦少年事，梦啼妆泪红阑干。

　　白居易的再三邀请，让琵琶女短暂地重回了受人追捧的青年时代，也获得了一个讲述自己故事的契机。悲伤有时就像壶中的酒，敬人一杯，自己就会少一些，只是可靠的酒友并没那么容易遇到。琵琶女从一票难求，到门前冷落，最后彻底隐退，一路高开低走，现在依旧处于不快乐的状态。这让白居易不由得联想到自己，他们有相似的开头，现在难道不是也有相似的结局吗？琵琶女的故事宛如一把钥匙，打开了白居易尘封的记忆之匣，把其中的悲伤都释放了出来。

　　如果没有琵琶女的自述，白居易恐怕还会以看似不错的状态继续在江州生活，用工资和酒精宽慰自己。弗洛伊德说："凡是被压抑的，都会以更加丑陋的形式表现出来。"正在听曲的白居易，也一改往日的乐天自信，絮絮叨叨地叙述自己被贬后的遭遇，仿佛在和琵琶女比惨。这在白居易的作品中是十分罕见的。

住近湓江地低湿，黄芦苦竹绕宅生。

其间旦暮闻何物？杜鹃啼血猿哀鸣。

春江花朝秋月夜，往往取酒还独倾。

岂无山歌与村笛？呕哑嘲哳难为听。

　　记忆往往是会骗人的，在一个难受的场景中，之前美好的事物也会变得不堪。此时在白居易的回忆中，杜鹃啼、猿鸣、山歌、村笛声，全都不堪入耳，完全没有李白那种"两岸猿声啼不住，轻舟已过万重山"的畅快心情。白居易和李白诗中的"猿"，可能是指长臂猿，其叫声或柔和优美，或急促响亮。人们往往赋予这些叫声不同的情感。要知道，同样是在江州任上，白居易还写过不少乐观的诗句，例如《重题》。

日高睡足犹慵起，小阁重衾不怕寒。

遗爱寺钟欹枕听，香炉峰雪拨帘看。

匡庐便是逃名地，司马仍为送老官。

心泰身宁是归处，故乡何独在长安？

　　看这些诗句的内容，哪像是同一个人写的呢？由此可见，白居易是一个真性情的人，如果是平时，他会十分积极；但如果他人表达出负面情绪，他也很容易受到感染。这类人不会长期浸淫在一种情绪中，自然也很难出现心境障碍。

在心理咨询中，咨询师有时候也会讲述一些自己的故事，叫作"自我暴露"。自我暴露的作用主要包括：拉近咨询师与来访者之间的距离，增强彼此之间的信任感，使来访者更愿意放开自己，分享内心的想法和感受。同时，这也为来访者提供了一个示范，鼓励他们进行自我暴露。通过自我暴露，咨询师能够更深入地理解来访者的真实处境，从而产生共鸣。这种共鸣有助于咨询师更准确地把握来访者的需求，提供更有效的帮助，同时也降低气氛的紧张感。

但是自我暴露也要适度，白居易也是如此。他并没有解释自己为什么被贬，因为说出口的话，似乎会与当下的处境格格不入。就在一年前，宰相武元衡，同时也是武则天的堂侄曾孙，竟然被人刺杀。白居易性格耿直，又是武元衡的好友，于是向朝廷上书请求严惩凶手——这本来不属于白居易的职责范围，正好给了政敌一个打压他的机会。最终，他不出意外地被贬谪。然而，哭泣的白居易也没有讲述过去的这段"勇敢经历"。毕竟有些事情会破坏气氛，真要表达出来，也不一定会得到周围人的支持。有时，悲伤的人只需相互陪伴，体会共同的感情，至于细节，自己知道就够了。

人类都有表达的欲望，如果长期无法与他人沟通，就会在精神上产生一种特殊的"饥饿感"。那些在天地间独自畅游的人，现实中少之又少，只存在于古书中。我们身边都有白居易这样的人，但是却极少有老子、达摩这样能够长期独行的世外高人。这次会面，也给了琵琶女和白居易沟通交流的机会。于是白居易请琵琶女再弹一曲。如果说上次的主基调是"愁"，那么这次就是"凄惨"。白居易再也不必矜持，带头哭得涕泗横流。

当灵魂寻觅到归宿，精神找到了伴侣，那份深情便如同琴弦上的旋律般，缓缓流淌而出。在这美妙的弹奏中，琵琶女不但传达出"凄凄"之情，更悄然唤醒了一种深沉的群体情感体验。众人的哭泣都是情绪的发泄，是内心真挚情感无法自抑的流露。在这一刻，世间所有的苟且与虚伪都烟消云散。这是一次群体的艺术心理疗愈之旅，让在场的每一个人都能共同感受那份纯净与真挚。

白居易在之后的诗作中，并没有再提及琵琶女，两个知音仅此"一期一会"，但这段故事却流传千古。他和琵琶女的故事也告诉我们：即使是互相能够理解的一对才子佳人，也不一定非要发展成男女之情。只不过在当时，他们灵魂深处的情感相通而已。

知心密友，世上另一个我

白居易是第一个和挚友并称的唐朝诗人。在他之前，虽然已经有诗人的合称，如王杨卢骆、李杜、高岑、王孟、沈宋等，但王杨卢骆总体所处圈子不同，李白和杜甫更像是明星和追星族，高岑、王孟、沈宋虽然写诗题材相近，但唱和不多，都不能和元白的交情相比。元稹与白居易之间的友情，也是白居易保持乐观的重要秘诀。他们生前亲自将唱和诗编为《元白唱酬集》和《因继集》，共十七卷，里面收录了一千多首诗。《唐才子传》说："微之与白乐天最密，虽骨肉未至，爱慕之情，可欺金石，千里神交，若合符契。唱和之多，毋逾二公者。"从他们相识到元稹去世，元白的友谊保持了约三十年之久。

二人不仅同时在长安金榜题名，有同榜之谊，而且价值观高度相近，比如在朝堂上都是耿介之人，都有被贬经历。此外，元稹是北魏皇族拓跋氏的后裔，白居易据考证是西域龟兹王族的后裔，两人身上都留着汉化游牧民族的血液，有相似的文化基因，因此他们的诗作具有用词浅近平易、直抒胸臆的共性。唐宪宗元和元年（806 年），元稹和白居易同登"才识兼茂明于体用"科，元稹为第一名，同年他被贬出京城，赴任河南县尉。白居易和元稹第一次分别时，写出了《别元九后咏所怀》。

相知岂在多，但问同不同。

同心一人去，坐觉长安空。

在这里，白居易称元稹是自己的同心人。二人分别后，也书信不断，每次品读对方寄来的诗作，都是生活中最快乐的时光之一。元和十年（815 年）元月，元稹回京，二人才相聚不久，三月元稹又被贬到通州（今四川达州），同年白居易被贬为江州司马。此后，二人天各一方，只能互通书信，聚少离多。唐文宗太和五年（831年），元稹病逝于武昌。次年白居易为其撰写墓志铭，元稹家属给予高达六七十万钱的巨额润笔费，但白居易全都捐给了洛阳香山寺。开成五年（840年），元稹的女儿和女婿也相继去世，白居易又写下《梦微之》。

> **君埋泉下泥销骨，我寄人间雪满头。**

如果不了解诗人背景的话，元白二人的许多诗句，现在看来完全是男女情诗。事实上，二人的感情早已超越爱慕之情。他们的友情确实无可替代，已然传为千年佳话。难怪有人说，知己是一个灵魂，两个身体；而夫妻是一个身体，两个灵魂。

友情并非凭空产生的东西，两人的友情由浅至深，要经过几个阶段：谈爱好，谈情绪，谈观点，谈秘密。最难得的是，当知道对方过去的失误之后，依然接纳并喜爱对方。许多人会从陌生人变成朋友，也可能从好友变成陌生人甚至仇人。友情的破裂，也往往是由于至少有一方不能给朋友一些偏爱，毕竟享受友情容易，相信和理解对方很难。

　　自元稹去世后，白居易一定感觉失去了一半灵魂，可是他并没有长期消极下去。白居易是个爱交朋友的人，之后他和同样失去好友柳宗元的刘禹锡多有唱和。刘禹锡是个典型的乐天派，有"诗豪"之称，并与白居易合称"刘白"，与韦应物、白居易合称"三杰"。刘禹锡自称中山靖王刘胜之后，堪称唐朝诗人中的一大乐天派，即便在被贬等较为恶劣的处境下，他也能保持乐观。如在著名的《陋室铭》中，刘禹锡就表现出极强的心理适应能力。白居易的另一位朋友武元衡，是身居高位的宰相，以正直无私、才华横溢闻名，也与白居易在文学上有着密切的交流。这些朋友，或许无形中为白居易增添了更多乐观的色彩。

　　晚年的白居易在洛阳养老，与胡杲、吉皎、郑据、刘真、卢贞、张浑六人组成七老会，还写了《胡吉郑刘卢张等六贤皆多年寿予亦次焉偶於弊居合成尚齿之会七老相顾既醉且欢静而思之此会稀有因成七言六韵以纪之传好事者》。

七人五百七十岁，拖紫纡朱垂白须。

手里无金莫嗟叹，尊中有酒且欢娱。

诗吟两句神还王，酒饮三杯气尚粗。

峣峨狂歌教婢拍，婆娑醉舞遣孙扶。

天年高过二疏傅，人数多于四皓图。

除却三山五天竺，人间此会更应无。

　　同年，僧如满、李元爽也加入七老会，组成了"香山九老会"。九人每日饮酒谈诗，不亦乐乎。此时的白居易，笃信佛教，号称"香山居士"，但其姿态却像是逍遥人间的散仙。白居易在洛阳还达成了一个意外成就，就是成为历史上记载的第一位文人造园家。如果没有朋友们的精神支持，很难想象，一个孤独的老人会有心情造出别具特色的园林；如果没有朋友们聚在一起把酒言欢，再宽敞的居所，也只会显得更加孤寂。

三、爱情中的过度期待

爱情是人类最复杂的感情之一，我们常常分不清其中的行为到底是对是错，也无法确定要将期待提升到什么高度。那些错过的爱情，让人时不时惋惜，想要重新修复。

唐宪宗元和初年，安史之乱虽然结束，但社会却百弊丛生。全国上下无比怀念盛唐时期的统一、安定与繁荣。因此，从君臣之间的议事，到文人雅士的聚会，再到歌楼酒馆的闲聊，甚至是街谈巷议，社会各阶层都弥漫着一种气氛——热爱谈论开元、天宝年间的遗事。人们不仅回味着那个黄金时代的美好，更进一步探讨王朝由盛转衰的深刻教训，这成了当时社会普遍关心的重大问题。其中，《长恨歌》当属久负盛名的一篇叙事抒情长诗。

爱情要适度，避免恋爱脑

如果你不了解唐玄宗和杨贵妃，单看《长恨歌》，这是一段非常凄美的爱情故事。

> 汉皇重色思倾国，御宇多年求不得。
> 杨家有女初长成，养在深闺人未识。
> 天生丽质难自弃，一朝选在君王侧。

在诗中，皇帝渴望得到一个绝色美人，多年都未能实现——似乎这么多年里，皇帝都是一个孤独寂寞的男人。幸好杨家有佳人，被选入宫闱。事实上，稍微有些常识的人都知道，皇帝身边本来就有诸多嫔妃，不可能多年对佳人求而不得。杨贵妃本是唐玄宗的儿媳妇，并非"一朝选在君王侧"。白居易把这些重要的狗血桥段都舍弃了，因为这首诗名为"长恨"，只需把这段感情记录下来。至于相识的始末缘由，白居易都做了模糊的艺术化处理。接下来，白居易用大段华丽的语句来描写二人的恩爱与奢华生活。至于皇帝宠信奸佞、认安禄山为义子之类的情节，实在不够美好，全部删掉。

云鬓花颜金步摇，芙蓉帐暖度春宵。

春宵苦短日高起，从此君王不早朝。

承欢侍宴无闲暇，春从春游夜专夜。

后宫佳丽三千人，三千宠爱在一身。

仿佛突然之间，战争爆发了，玄宗和杨贵妃这对"小夫妻"的幸福日子被打破，甚至杨贵妃还死于马嵬坡——至于为什么一定要死，白居易也不想写出来，否则美好的爱情，就变成了君王沉溺酒色的故事。要是再说得深入点，比起爱情，唐玄宗更在乎自己。在他看来，此刻最重要的是采取策略：丢车保帅，李代桃僵。

白居易只告诉我们，失去杨玉环的唐玄宗，每天都魂不守舍。后来有道士找到仙山，见到了已经成仙的杨玉环。杨玉环依旧美丽，并对唐玄宗充满爱意、毫无怨恨，还赠送了信物，希望将来能再在天上相会。仿佛马嵬坡的兵变，都不曾发生一般，二人只是暂时谈一段异地恋，马上就能再度相逢。但白居易并没有把故事讲完，道士是否回京，唐玄宗如何反应，都没有交代。白居易或许自己也对此诗感慨万千，难以释怀，只得放下毛笔。伴随着他的叹息之情，此诗戛然而止，仿佛留给读者们一个永远的"请看下集"。

此时的白居易，无疑是一位滤镜大师，将一个当代人讳莫如深的伦理故事，写得无比纯粹干净。或许他也希望通过这首诗劝谏皇帝勤于政事，但实际上诗中所表达的，多是双向奔赴的爱情。《长恨歌》中有大段关于皇家奢靡生活的描写，对比之后的凄惨境遇，给皇帝敲响了一个不太明显的警钟：唐玄宗大秀恩爱，导致政务荒废、国力衰减，最终引发安史之乱。皇帝要为自己的不幸负责，正如亚里士多德的《诗学》（*Poetics*）中说："人的特质决定了人的行为，而正是行为决定了他是否幸福。"

从进化心理学的角度讲，秀恩爱是对本能的一种满足。因为爱情由动物择偶的机制进化而来，秀恩爱就是互相之间积累感情的表现。公开秀恩爱这种行为，也是自我形象建构的一部分。但是如果这种形象工程过于庞大，那么就难免引发他人的嫉妒。

唐玄宗对杨贵妃的宠爱，让天下的舆论风向都改变了，"遂令天下父母心，不重生男重生女"，人们纷纷希望通过生女儿来改换门庭。这也是白居易比较明显的暗示，如果父母都希望培养出一个能入宫的歌舞演员，那么还有谁会愿意孩子习武去保家卫国呢？在《丽人行》中，杜甫也指出上层铺张浪费的资本，都是出自百姓税赋。这大大增加了人民的负担，就像大树的树根烂掉一样，整棵树便很容易被推倒。皇帝的奢侈生活和缺乏进取心，使得安禄山等军阀认为皇位似乎"唾手可得"，由此萌生了通过政变篡夺皇权的野心。

安禄山和唐玄宗想得都过于美好，觉得当皇帝太容易，所以他们最终都失去了原有的位置。在《长恨歌》中，白居易也把爱情想得过于美好，仿佛连死亡也不能带来丝毫感情裂痕。天真的人看到这段故事，会说"我又相信爱情了"。**殊不知，爱情本来就不是用来相信的，而是用来认真呵护的。**爱情是世界上最脆弱的东西之一，尤其是初期，就像是一个小嫩芽，轻轻一碰就断了。只有认真浇灌几十年，小嫩芽才会长成参天大树。

毫无疑问，唐玄宗和杨玉环在一起的时光，是他人生中的一大快乐阶段。唐玄宗仿佛除了恋爱，一切都不用操心，连自己皇帝的身份都忘却了。他用自己悲痛的后半生告诉了我们一个道理，好酒固然美味又上头，但是不能当水喝，否则必然生病。人不能只谈恋爱，还要上班和学习。

错过的爱情终归平静

白居易之所以花费大量笔墨，将唐玄宗充满争议的伦理之爱写得像初恋一样单纯，这与他自身的经历密不可分。白居易结婚很晚，这除了受到家境的影响，还与他自身的恋爱经历有关。十一岁时，白居易为了躲避战乱，迁居徐州符离。在这里，他遇到了自己的初恋——村女湘灵。

我们不知道"湘灵"是白居易给这位邻女起的昵称，还是她真实的名字。早在屈原的作品中，就出现过这个词。但是我们可以看到，白居易向来擅长描写女性的美好，对于初恋也是一样。

娉娉十五胜天仙，白日姮娥旱地莲。
何处闲教鹦鹉语，碧纱窗下绣床前。

这首《邻女》，可能是目前所知最早写给湘灵的诗句，也具有一些当今网络流行歌曲的风格。诗中描述道："姑娘真漂亮，好像天仙一样，好比嫦娥白昼降临，莲花开在旱地上。你在哪里教鹦鹉说话歌唱呢？想必就在碧纱窗下、绣花床前。"

但是这么美好的邻女，终究没能和白居易走到一起。唐德宗贞元十年（794 年），因父亲去世，白居易成了家里的顶梁柱。贞元十四年（798 年），他为了考试，离开符离。此后，他又写了三首怀念湘灵的诗，分别是《寄湘灵》《寒闺夜》《长相思》。

泪眼凌寒冻不流，每经高处即回头。

遥知别后西楼上，应凭阑干独自愁。

单看这首《寄湘灵》，你大概会以为这是南唐后主李煜的作品。李煜后期的词作感情真挚，语言清新，可能是受白居易的影响。白居易和湘灵由于门第差异，最终也没能在一起。我们不难从中推断出，虽然他曾经纠结过，但是或许看到好友元稹告别初恋，与大户人家小姐成婚的先例，白居易最后也娶了弘农杨氏的女子，此女还是同僚的妹妹。弘农杨氏是著名的大家族，隋朝皇室和杨玉环家都自称是其成员，但此时已经大不如前，无法与"五姓七望"相比。

在那个门第观念盛行的年代，白居易没有和社会风向对抗的勇气，同时他也知道，自己的人生不只有爱情，更需要养家糊口。他此时的状态，即便和湘灵结婚，能让她获得幸福吗？经过再三纠结，当然也包括和母亲的争执，最终白居易还是向现实屈服。他在新婚时，给妻子写了那么严肃的诗句，因为他结的不只是婚，是生活和事业。然而，诗中所蕴含的朴素真情同样不容忽视。尽管白居易并未高唱爱情宣言，但这无疑是一份实实在在的婚姻承诺书。

人们常说，婚姻是爱情的坟墓，但是没有婚姻，爱情便死无葬身之地，甚至都找不到一个地方凭吊它。许多研究者认为，在结婚之前，白居易将他绝望的爱和对湘灵的感情写进了《长恨歌》中，表达了"天长地久有时尽，此恨绵绵无绝期"的悲痛。同时他也期望，即便两人不能在一起，也要怀念两人最美好的故事，记住对方最美的样子。之后他又多次写诗怀念初恋，如《感镜》《感情》《夜雨》等，甚至在《夜雨》中还着重表达出内心的孤寂与愁苦。在贬谪江州途中，白居易写了两首《逢旧》，之后再也没见过湘灵。

我们不能谴责白居易，毕竟一千多年前的绝大多数人，尚未形成现代人所具有的人本主义观念。用一个时代的道德标准，去衡量另一个时代人的道德，本来就是不道德的事情。正因如此，白居易没有一味地谴责唐玄宗和杨玉环，而是展现出深切的同情，同时也让大家明白一个观念：越是美好的爱情，破碎时就越痛苦。

白居易身为文人，走的是现实主义路线，在精神上颇具杜甫遗风。只有偶尔怀念湘灵时，我们才能看到那个充满浪漫情怀的少年白居易。借着《长恨歌》，白居易也这样暗示我们，不能在一起的美好前任，就像是天上的白月光，偶尔抬头看一看就好。毕竟日子还要过下去，人始终需要踩在现实的土地上。巧合的是，好友元稹也有类似的经历。为了自己的前途，元稹和初恋断了联系，还写了《莺莺传》，隐晦地记录此事。或许这篇文字正是暗示白居易：你和她不是一个世界的人，各有各的未来，你的才能有更大的用处，要服务更广大的人群，而不是纠结于一段没有未来的爱情。即便两人真的走到一起，当时的白居易也没有能力给初恋幸福。

白居易和杨氏的婚姻，虽然没有刻骨铭心的爱情，但也十分平稳。起初，白居易还会埋怨杨氏不爱读书，嘲笑妻子小心眼，在《戏问山石榴》中称"争知司马夫人妒，移到庭前便不开"。但随着时间的推移，白居易对妻子的依赖逐渐增强，晚年他在《二年三月五日斋毕开素当食偶吟赠妻弘农郡君》中，已经完全没有了年轻时候的牢骚："偕老不易得，白头何足伤。"或许，总有人无法和自己最心仪的对象在一起，轰轰烈烈的爱情，最终也会归于平静。

白居易和杨氏生下二女一子，但除了二女儿，其他都天折了。晚年的白居易，在《小岁日喜谈氏外孙女孩满月》中表示："怀中有可抱，何必是男儿。"此刻他已经看开，对现在的生活十分满意，即便没有孙子，也十分快乐。从这个角度讲，即便没和初恋结婚，人们也不必每天伤感，毕竟这样就不会看到爱情随着柴米油盐，亲手毁在自己手里。

白居易晚年的生活颇为幸福，他不仅与家人共享了无数欢乐的时刻，还沉醉于个人的兴趣爱好之中。比起沉浸在旧爱中，让自己形销骨立的诸多诗人，白居易选择了一条让自己开心的道路，"只要向前看，总会遇到新的美好事物"。

唐武宗会昌六年（846年）初秋，白居易逝世于洛阳履道里。彼时武宗已经驾崩小半年，只是还没改年号。在位的唐宣宗李忱非常喜欢白居易，写《吊白居易》进行悼念："缀玉联珠六十年，谁教冥路作诗仙？浮云不系名居易，造化无为字乐天。童子解吟长恨曲，胡儿能唱琵琶篇。文章已满行人耳，一度思卿一怆然。"可见唐宣宗认为白居易才是诗仙。此时白居易的《长恨歌》《琵琶行》等，已经传遍天下，连小朋友和胡人都能吟唱。白居易的影响力，怎么会只辐射到胡人呢？在重洋之外的日本，白居易至今仍是最受欢迎的中国诗人之一。

李白的诗要大声喊出来，杜甫的诗要像读圣贤书一样吟诵，而白居易的诗句，只用闭口音就能哼唱，通俗浅显，直白流畅，以至于老太太也能听懂。如果唐朝也有广场舞，那一定总能听到白居易的作品。就像王安石所说："天下好语被杜子美道尽，天下俚语又被白乐天道尽。"更重要的是，白居易的作品得到了良好的保存。他成年后没被卷入战争，大部分时间生活比较稳定，不像李杜那样到处奔波，也有机会整理自己的作品。他在人生的七十五年中，创作了大量诗作，流传至今的有三千多首，在《全唐诗》中共编为三十九卷，是唐代诗人中保存诗歌数量最多的一位。

白居易曾将自己的诗作分成讽喻、闲适、感伤和杂律四大类。如此丰富的数量和广泛的题材，便于后人学习和借鉴。当时的日本平安文坛崇尚汉诗文，文人聚会之时常常吟诵。白居易的诗中所体现出的闲适、感伤的审美情趣和佛道思想，符合了日本追求"小而美"的文化氛围，容易引起当地人的共鸣。尤其是其中的"悲恋"成分，千年后依旧出现在日本文坛，如川端康成的《伊豆的舞女》，简直一脉相承。

相较于诗仙李白的飘逸令人难以模仿，诗圣杜甫的厚重让人不可企及，诗王白居易与现代的我们更加接近。他在贫穷中没有颓废，在富裕中也没有过度奢靡，一步步向上奋斗，给我们普通人做出了良好的示范。

第四章

身居塞北，

在路上感悟人生

一、佛系青年的进阶之道

在繁华喧嚣的世界中，许多人都希望自己能够不那么拼命竞争，但也放不下进取之心。而王维提醒我们，真正的"上进"并非仅仅追求外在的成就和地位，而是内心的成长与修炼。

唐玄宗时期，李白应当是最受大众欢迎的诗人之一。如果说还有哪位诗人的声名能与李白平起平坐，那非王维莫属。相传，李白出生时，母亲梦见太白金星，因此得名。王维出生时，母亲梦见维摩诘居士，因此名维，字摩诘。二人同一年出生，也都是天赋异禀的诗人。可惜的是，即使有杜甫、高适、孟浩然、王昌龄、晁衡、李龟年等共同的朋友，这二人却也从未有任何直接交集。

放空心灵的意义

　　王维，出身于名门望族太原王氏，和东汉末年的司徒王允是同族，按照家族排行称为"王十三"。他往上的几代先辈虽然都只是汾州司马之类职位不高的官员，但也衣食无忧。他的母亲出自另一个望族博陵崔氏，所以王维和母亲出自清河崔氏的杜甫，算是远房亲戚。王维的母亲笃信佛法，也培养出王维十分佛系的性格。唐代人普遍在二十岁"元服"时取字，但王维的字却是在出生时就起好了的，其源于与释迦牟尼同时代的名人维摩诘居士。这位居士并未出家，但对于佛理的理解却十分透彻，被称作"在家菩萨"。王维成年后实在是太喜欢自己的名字，因此自号"摩诘居士"。这种字号同源的称呼，在整个中国历史上也是罕见的。

　　王维从小就接受了良好的教育，自己也天赋卓绝，历来是"别人家的孩子"。唐玄宗开元三年（715年），十五岁的王维来到京城，因为在诗歌、书画、音乐方面都才华横溢，很快成为皇亲贵戚府上的常客。相传他用琵琶曲《郁轮袍》打动了唐玄宗的妹妹玉真公主和弟弟岐王李范，得到两人推荐。可是他的考试运气并不好，开元九年（721年）才终于考中进士，担任负责宫廷音乐演出的太乐丞，可惜当年就被贬到山东济州。这件事起因是岐王李范想看黄狮子舞，但这类舞蹈只有皇帝能看。由于当时是在岐王的家宴上，而岐王正受到唐玄宗的重用，太乐署的官员们便同意了。没想到此事传到唐玄宗耳朵里，涉事官员全部被贬。

年纪轻轻的王维看破世事，在开元十六年（728 年）选择归隐。既然官场是个是非地，那他就学学陶渊明，给自己一段"隐逸休整期"。而养家的任务，便主要交给了弟弟王缙。王缙是一位书法家，据说他在长安期间，很多人向他求字作碑志，有时竟然会将酬金误送到王维处。

接下来近十年中，王维先后闲居淇上、长安、洛阳、嵩山等地，享受着田园生活。这段难得的闲暇时光，让王维明白，如果不缺钱，或许也没必要非得拼命工作：给自己一段放松的时间，多陪陪家人，其收获是工作换不来的。后来即便在开元二十三年（735 年）重新出仕，王维也是半官半隐的状态。开元二十五年（737 年），他前往凉州河西担任节度判官，经历了一年边塞生活。回长安后，开元二十八年（740 年）他又因公务去了南方一年，在回京途中，顺便拜访了南京的高僧。天宝三载（744年），他开始经营位于蓝田的辋川别业，这既是他的别墅，也是他的心灵家园。王维的许多山水田园诗作，都是在此处写成。总之，王维一生仕途坎坷，屡经沉浮，直至六十一岁时，才以正四品尚书右丞之职致仕。

如果要给王维起个"别号"，我认为"空山"二字最合适。王维喜欢"放空"，这是他在官场高压状态下的生存之道。与李白、孟浩然那样虽然身在田园却终生想做官的人恰恰相反，王维的官运虽然算是长久，但他却更喜欢归隐田园。在王维的诗作和画作中，我们能够看到，他在描绘自然风光时，非常喜欢单纯地刻画背景，这放到电影当中，就是"空镜头"。这些诗句中不仅没有人，连动物都没有，甚至听不见鸟鸣和虫鸣。

　　　　空山不见人，但闻人语响。
　　　　返景入深林，复照青苔上。

　　　　空山新雨后，天气晚来秋。
　　　　明月松间照，清泉石上流。

在《鹿柴》《山居秋暝》这两首诗中，我们发现王维不是在讲故事，而是在看图说话。此时大自然仿佛就是他眼前的一幅画，他作为观察者，无意为画作添加任何一笔，自己也不愿走入画中。画中的内容是安静的，他本人更为安静。正是由于这种松弛感，王维和孟浩然结为莫逆之交。孟浩然虽然口头上想出仕，但每次总是关键时刻放弃，用自己的行为唱反调，最终失去做官的机会。从心理学角度讲，孟浩然的矛盾态度或许是一种无声的抗争：博取功名是社会赋予的期望，有时候不得不做出表面的迎合，而归隐田园才是内心深处最终的选择。

在快节奏的现代生活中，人们经常面临各种压力和焦虑。放空心灵可以帮助人们暂时摆脱这些烦恼，为心灵提供一个喘息的空间，从而有助于恢复内心的平静和稳定，让下一步的工作能够更好地进行。从心理学角度讲，放空心灵可以为创造性思维提供空间。因为放空的过程，人们也会清扫大脑内的垃圾，不再被日常琐事或固定思维所束缚，更有可能产生新的想法和解决方案。

有条件隐居的王维是幸运的，但同时也非常不幸。王维的妻子出身于博陵崔氏。他在三十一岁时，妻子去世，从此再未续弦，独身三十年。天宝十五载（756年），安禄山的军队攻占了长安，王维因此沦为俘虏。聪明的王维靠吃泻药来装病，但无奈他的名气太大，依旧被迫戴上了伪政权的官帽。因为此事，长安被收复后，他遭受了牢狱之灾，甚至差点被判处死刑。

这些打击对于王维来说，只是生活中的瞬间，并没有改变他原本的性格。相较于晚年被磨去棱角的白居易、豪情减退的杜甫，王维似乎一直都是那个恬淡的居士。每当被生活压得喘不上气时，他都会微笑着对你说："休息，休息一下。"

"空心"不代表隔绝自己

许多追求放空心灵的人，会陷入另一个僵局——过于追求自己的精神开悟，而忽视了与周围人的连接。如果单看王维的山水田园诗，我们可能会有所误会，觉得他是个《红楼梦》中妙玉那样"万人不接待"的角色，会让所有拜访者吃闭门羹。事实上，王维并非无情的人，反而是唐代诗人当中比较注重感情的一位。王维由于幼年就离开山西老家，一生四处漂泊，所以远方的牵挂对他来说尤为重要。放空心灵，不是要隔绝所有的社交关系，只是为了打扫心中的灰尘，以最好的状态迎接亲友，给双方带来最佳的感受。

王维九岁丧父，自己是长子，家中有母亲和四个弟弟、一个妹妹。为了让家人过上更好的生活，王维十五岁就闯荡京城，相当于如今的初中生当"北漂"。十七岁时，他写出了著名的《九月九日忆山东兄弟》，当然这里的山东实际是华山以东，也就是山西蒲州。

独在异乡为异客，每逢佳节倍思亲。
遥知兄弟登高处，遍插茱萸少一人。

王维和兄弟们的亲情，持续了一辈子。一直到晚年退休，即唐肃宗上元二年（761 年），他还向朝廷呈上《责躬荐弟表》，推荐自己的弟弟做京官。

亲情以外，王维也极其重视友情。唐诗中有一类是送别诗，而王维的送别诗更是其中的佼佼者。在《送元二使安西》中，王维便贡献了名句。

劝君更尽一杯酒，西出阳关无故人。

在另一首《江上赠李龟年》中，王维更是发挥了自己擅长描写静物的特长，将二人的友谊写得情真意切。由于此诗过于经典，常常被后世当作爱情的赞歌。现在这首诗更常见的名字叫作《相思》。

红豆生南国，春来发几枝？
愿君多采撷，此物最相思。

王维所说的红豆，并不是我们常吃的赤豆，而是指中国南部的相思豆或红豆树的种子。有趣的是，这两种红豆都是鲜艳且有毒的，和爱情一样美好却会让人受折磨。有人根据这首诗编造出王维的母亲棒打鸳鸯，逼着儿子娶自家侄女，从而导致王维和初恋女友被迫分离的故事。

王维的送别诗，并不着力渲染悲伤的氛围，总是以积极的心态告诉对方，未来会更好。他注重根据朋友的不同特点送出相应的诗句，在《送杨少府贬郴州》中，他将杨少府的过往经历与贾谊相类比，"长沙不久留才子，贾谊何须吊屈平"；在《送孟六归襄阳》中，他面对仕途不顺的孟浩然，表达了归隐的好处，"醉歌田舍酒，笑读古人书"；在《送张判官赴河西》，他更是突出了武人的豪迈，"慷慨倚长剑，高歌一送君"。可以说，王维对每一个朋友都以诚相待，送上最适合朋友的诗句作为礼物。

王维的交友观，也吸引了很多朋友。在安史之乱后，王维被唐肃宗特赦，官居太子中允。此时杜甫在《奉赠王中允维》中，建议王维写一些表忠心的诗句，少发些牢骚。

一病缘明主，三年独此心。
穷愁应有作，试诵白头吟。

王维这种轻松而真挚的态度，吸引了许多朋友，但他唯独和当时著名的李白没有直接交集。对比他们的人生轨迹图，三十一岁时，二人同时在长安，那时王维正经历丧妻之痛；四十二岁时，二人也同在长安，可那时王维已经是半隐居状态，似乎对交友不是很热衷。但总的来说，李白过于豪放，而王维过于沉稳，两人如果聚在一起，大概不会互相欣赏对方。最重要的是，李白喝酒喜欢"烹羊宰牛"，而笃信佛教的王维常年吃素，这两人坐在一起吃什么，就是个大问题了。当然以上都是笔者推测，这段未知内情的"王不见王"，给后人留下了无限的想象空间。

无处不在的生命力

王维可以说是爱好最广泛的诗人之一。更可贵的是，他把每一个爱好都发展为自己的成就。书法方面，他精于草书、隶书；绘画方面，他是唐代山水画的重要代表人物；音乐方面，他当过太乐丞，负责音乐、舞蹈等教习。

如果说李白是写诗的天才，那王维就是写诗的全才。他写边塞诗，《从军行》《陇西行》《燕支行》《观猎》《使至塞上》，不逊于高岑；他写咏史怀古诗，《夷门歌》《息夫人》《班婕妤》《西施咏》，不亚于杜牧；他也像李白那样表达浪漫主义，《少年行》可比肩《侠客行》；他也心怀杜甫那样的现实主义，《老将行》《洛阳女儿行》题材类似《兵车行》《丽人行》。他并非没有自己的独特创新之处，比如与孟浩然共同发展了盛唐山水田园诗派，但如果单说他是山水田园诗人，那就太小看他了。

古往今来，能称为诗书画三绝的，也不过顾恺之、苏轼、宋徽宗、李公麟、赵孟頫、黄公望、沈周、唐寅、文徵明、徐渭、张问陶、郑板桥等人。唐玄宗时期，皇帝亲自盖章的还有一位郑虔。书法、绘画需要熟能生巧，靠不停临摹来精进，但是诗歌却需要灵光闪现。故而不少诗人可以七岁作诗，却没有七岁能被称为书画家的。

很多人会因为自己对太多事物感兴趣，而产生烦恼，毕竟许多长辈都告诉我们，什么都想做的人，最后什么都做不好。这句话仿佛告诉我们，人不能不务正业，玩物丧志。王维却告诉我们，除了要成为一个优秀的打工人，还要成为一个快乐的人。**体会周围一切的美，并不是单纯地浪费生命，而是让自己的生命力变得加倍旺盛**。或许正是由于这种旺盛的生命力，王维对万物保持了好奇心，能够投入地享受他的爱好。

现实中，很多人将自己的兴趣当成了自己的工作，可是当兴趣需要靠金钱或评价衡量时，事情就变味了，反而动力会降低。这在心理学上叫作"过度合理化效应"。因为内在驱动的行为，在接受外在激励之后，个体可能开始更多地关注外在回报，而非活动本身所带来的乐趣或满足感，从而导致内在驱动力下降。因此，喜欢做一件事不一定非要靠它赚钱，兴趣是最好的老师。

苏轼称赞王维："味摩诘之诗，诗中有画；观摩诘之画，画中有诗。"这也告诉我们，许多技艺是相通的。即便爱好广泛，人们也有机会同时在好几个领域做出成绩。不过这并不是王维的志向，对于他来说，这一切都是放松之举，不值得他绞尽脑汁去斟酌。比起孟郊、贾岛等人的苦吟，王维的诗句几乎全是自然的情感流露，甚至单拎出来，像是小孩子的口吻。正是这种不加雕琢的语言，让王维的诗充满了画面感。

大漠孤烟直，长河落日圆。

在《使至塞上》中，这两句用词极其普通的诗，成为王维作诗举重若轻、信手拈来的典范。其不仅画面感十足，彰显出他的绘画功力，也音韵感满满，体现了他身为音乐教练的老本行。同时，自然画面的鲜明对比，让人仿佛从上帝视角进行观看，又仿佛与这画面融为一体。一次看似普通甚至有些痛苦的边境远行，在王维这里，也多了几分自在，虽然马上无法绘画，但他的诗句却可以绘出画面。

当一切困难都不能阻挡他发展爱好时，这些困难就都变成了玩乐。即便在安史之乱期间，王维依旧不忘在被俘后写下一首《凝碧池》。这首诗不但继续采用王维最爱写的"空"，还在皇帝回朝后，作证其没有叛国，救了王维一命。

秋槐叶落空宫里，凝碧池头奏管弦。

王维的半隐居生活，传递出一种独特的价值观。哪怕有人对他给出差评，他也不反驳、不争辩，只是默默继续去做自己想做的事情。回顾过往，王维一定非常满意自己度过了丰富多彩的一生，最终也获得了心灵的宁静。或许他在某些后人心中的地位，比不上李白、杜甫、白居易，可是对他来说，都不重要。因为人不仅仅是活在别人的评价和标准中，更重要的，是获得属于自己的体验。

二、人生就是在矛盾中前进

我见过许多来访者在追求梦想的道路上，遇到各种阻碍，似乎怎么选择都是错误。这种状态也有积极之处，正是这些矛盾，推动着人们不断思考、探索、前行。除此之外，与其苦苦纠结，不如选择一条更轻松的路，给自己短暂的休息。

岑参是唐朝边塞诗人的杰出代表，但个人资料却少之又少。我们不知道他的表字是什么，关于他的籍贯（湖北江陵或河南南阳）和生卒年月也有争议。许多读者认为，岑参大概出身卑微，因此缺少生平记载。可他偏偏出身于官宦世家，从曾祖父到父辈，有"一门三相"的显赫地位，按照家族排行称为"岑二十七"。但不论他的身上有多少谜团，都掩盖不了他的卓越文采。

理性看待冲突双方

许多人看到岑参的诗句时，会以为他是士兵出身。但实际上，岑参是唐玄宗天宝三载（744年）的进士，是正统的文人，而且还是个和平主义者。天宝七载（748年），书法家颜真卿被派去担任河西陇右军试覆屯交兵使。岑参在长安听说这个消息后，就写了一首《胡笳歌送颜真卿使赴河陇》送给这位朋友，表达对颜真卿的祝福和送别之情。

> 君不闻胡笳声最悲？紫髯绿眼胡人吹。
>
> 吹之一曲犹未了，愁杀楼兰征戍儿。
>
> 凉秋八月萧关道，北风吹断天山草。
>
> 昆仑山南月欲斜，胡人向月吹胡笳。

这首诗最特殊的地方，就是没有将胡人作为一个反面形象来加以描写。前往楼兰的士兵心态是"愁"，胡人的乐曲格调是"悲"，在战争面前，双方都承担着相似的痛苦，没有明显的正邪之分。虽然岑参也写过一些歌功颂德、鼓舞士气的诗句，与其他诗人所写的典型边塞励志诗歌区别不大，但都不如这首送别诗中流露出的真挚情感：虽然汉人与胡人属于不同阵营，但情感是相通的。胡人也有喜怒哀乐，开心会笑，悲伤会哭，喝酒一样醉，流血一样疼。

在现实中，我们也难免和他人冲突，陷入类似的场景中。许多人会习惯性地给对方贴上一个"坏人"的标签。对方由于是"坏人"，其喜怒哀乐都是假装的，所拥有的爱好也是低俗的，甚至普通的行为背后也是在图谋使坏。因而岑参提醒我们，要客观理性地看待他人。有时与你意见不一致的人，也可以成为朋友。只要你愿意用发展的眼光看待对方，而不是先入为主地否定对方的一切。

> 心理学认为，如果一个人的思维模式中存在认知偏差，就很容易对事情做出痛苦的评估。常见的认知偏差有：糟糕至极、以偏概全，以及"绝对化要求"，即给事物贴上"一定""必须"的标签。

当面对内心的冲突时，岑参找到了属于自己的平衡点。作为一个文人，岑参第一次获得官位，竟然是军队文职，即右内率府兵曹参军。岑参离开隐居的高冠峪，在《初授官题高冠草堂》中发牢骚："只缘五斗米，辜负一渔竿。"天宝八载（749 年），他随名将高仙芝出塞，起初也并不能适应恶劣的气候，在《初过陇山途中呈宇文判官》中说："十日过沙碛，终朝风不休。马走碎石中，四蹄皆血流。"但随后他就找到了自己来这里的理由："万里奉王事，一身无所求。也知塞垣苦，岂为妻子谋。"在《银山碛西馆》中，也是类似的行文结构。他说塞外之苦，又给自己找到合理的理由：虽然现在不能整日撰写诗文，但人总是要闯出些名堂，哪怕这并非初衷。

> 银山碛口风似箭，铁门关西月如练。
> 双双愁泪沾马毛，飒飒胡沙迸人面。
> 丈夫三十未富贵，安能终日守笔砚。

毫不夸张地说，岑参的自我平衡点，不仅可以让我们和周围人保持和谐，更能平息自己内心的冲突。

心烦了，就去旅行吧

其他文人对岑参最常见的评价，就是"好奇"。这个好奇并不限于"对陌生事物感兴趣"，也包括对奇特事物的喜好，包括好写奇景、好发奇思、好抒奇情、好用奇字等。岑参一生可谓到处奔波，既去过西域，也曾被贬谪至巴蜀。但他始终不忘观察沿途的奇景，到达工作地点后，也会抓住机会走出去，看看周围的景致。在《热海行送崔侍御还京》中，他就运用夸张笔法，描述了一个奇怪的湖泊"热海"（今伊塞克湖）。虽然他不一定真去过这个吉尔吉斯斯坦的第一大湖，但这些超现实的画面，一定可以冲淡不少工作时的苦闷。

> 海上众鸟不敢飞，中有鲤鱼长且肥。
> 岸旁青草常不歇，空中白雪遥旋灭。
> 蒸沙烁石燃虏云，沸浪炎波煎汉月。
> 阴火潜烧天地炉，何事偏烘西一隅？
> 势吞月窟侵太白，气连赤坂通单于。

其中罕见的用词搭配，如蒸沙、烁石、炎波、天地炉，放到今日，也是完全可以用于仙侠剧中的特有概念，让人眼前一亮。试想一下，如果在《仙剑奇侠传》等作品中，某人放出一招"炎波"，或者拿出一个法器"天地炉"，可谓毫无违和感。所以那些想不出招式名称的影视、动漫、游戏编剧们，大可以多读读岑参的诗句。

岑参也不是没有烦恼，甚至也有我们普通人的矛盾心理。他在长安送别友人时写了《送张秘书充刘相公通汴河判官便赴江外觐省》，毫不掩饰地表达出对官场复杂人际关系的厌倦之感，就差直接说出"我想归隐田园"了。

因送故人行，试歌行路难。

何处路最难，最难在长安。

长安多权贵，珂珮声珊珊。

儒生直如弦，权贵不须干。

然而，岑参在被贬谪期间所写的《送赵侍御归上都》，却说出了完全相反的话语。这更体现了诗人内心的真实状态：他和我们一样，都在矛盾中前行，一边抱怨着打工的城市，但真正离开了又舍不得。在岑参心中，长安到底好不好呢？只能说是此一时彼一时。

执简皆推直，勤王岂告劳。

帝城谁不恋，回望动离骚。

岑参无法决定自己在何处做官，但是他有一个很简单的方法排解自己的牢骚，就是暂时远离是非之地，外出旅行。在长安时，他和弟弟同杜甫一起去了附近的渼陂，杜甫由此留下了《渼陂行》，其中就夸赞岑参兄弟"好奇"。在四川时，他遍寻古迹名胜，写了《游先主武侯庙》《文公讲堂》《司马相如琴台》《扬雄草玄台》等。有趣的是，这几首诗既不是绝句，也不是常见的律诗，都是六句的小律。

岑参虽然只在四川嘉州任职一年多，但也落下了一个"岑嘉州"的称号。在《登嘉州凌云寺作》中，岑参表达了旅行带来的快乐，让自己宽心了一回，最后回到现实，小小地惆怅了一下。这也是李白等诗人常用的创作手法。

> 寺出飞鸟外，青峰戴朱楼。
> 搏壁跻半空，喜得登上头。
> 始知宇宙阔，下看三江流。
> 天晴见峨眉，如向波上浮。
> ……
> 胜概无端倪，天宫可淹留。
> 一官讵足道，欲去令人愁。

岑参的官运颇为坎坷，但是他极少大肆渲染自己内心的悲愤，而是用旅行来让自己获得一些喘息的时间。**虽然这种喘息是暂时的，但是对于成年人来说，片刻的喘息，也是生活中难得的奢侈品。**

在现实中，我常常建议那些"陷入死局"的朋友，给自己一段旅行的时间。在旅行过程中，人们可以转移注意力，放松心情，从而缓解心理压力和疲劳感。同时，人们在旅行中可能会结识新朋友、体验新文化、品尝美食等，这些全新的体验都能带来快乐和满足感。旅行能提升个体的自我价值感，当一个人完成具有挑战性的旅行活动，如徒步、攀岩等后，很容易感到自豪和自信。

在《郡斋平望江山》中，岑参也是同样的笔法，既记录了旅行的快乐和满足感，又用最后一句表达了一些悲凉感。他虽然总会想回到长安，但这并不是自己能够控制的。于是，岑参选择了一个聪明的做法：先去做自己能做的事情。至于未来能否实现梦想，那要等机会。在等待时，他依旧可以享受属于自己的旅行。

水路东连楚，人烟北接巴。

山光围一郡，江月照千家。

庭树纯栽橘，园畦半种茶。

梦魂知忆处，无夜不京华。

岑参最终没有回到长安，而是在成都病逝，年仅五十二岁。三十年后，他的儿子才把他的作品集结成《岑嘉州诗集》。虽然他个人留下的故事不多，但他依旧用文字为我们带来了很多精神财富，以至于启发了另一位同样伟大的诗人。几百年后，南宋的陆游在《夜读岑嘉州诗集》中写道："汉嘉山水邦，岑公昔所寓。公诗信豪伟，笔力追李杜。常想从军时，气无玉关路。至今蠹简传，多昔横槊赋。零落财百篇，崔嵬多杰句。……诵公天山篇，流涕思一遇。"我们或许没有机会像岑参一样，作为军旅中的一员闯荡边疆，但是人生的坎坷，不也是另一种跋涉和战斗吗？

三、厚积薄发的力量

我常常听一些来访者说，羡慕自己身边的朋友运气好，仿佛"一夜之间就成功了"。现实中，除去极个别的幸运者，大部分人的成功并非一蹴而就，而是需要长时间的积累与不懈的努力。

唐肃宗至德元载（756 年），高适兼任御史大夫、扬州大都督府长史、淮南节度使。可能他自己也想不到，在七年前的天宝八载（749 年），他赴长安应制举并登科，才刚刚入仕。高适以其传奇般的人生经历，展示了如何从困境中崛起，最终成就一番大业。他的故事不仅仅是一段历史，更是一部关于如何培养成功心理素质的生动教材。

自信让人年轻

高适，字达夫，沧州渤海人，家族中排行第三十五。关于他人生的前二十年，历史记载很少，只知道他的父亲曾做官，但大概是早亡，继而家道中落。高适大约生于武后久视元年（700 年）。他在《别韦参军》中自述："二十解书剑，西游长安城。"但是他在长安城并没有收获什么，两年后定居河南宋城（今商丘），成为一名农民，挥锄耕作，一干就是近十年。开元十七年（729 年），他创作了《苦雪四首》诗，从中可见，种地也没能让他积累财富。

寥落一室中，怅然惭百龄。
苦愁正如此，门柳复青青。

余故非斯人，为性兼懒惰。
赖兹尊中酒，终日聊自过。

濛濛洒平陆，渐沥至幽居。
且喜润群物，焉能悲斗储。
故交久不见，鸟雀投吾庐。

穷巷独无成，春条只盈把。

安能羡鹏举，且欲歌牛下。

　　此时的高适，住着漏顶的房屋，家中没有余粮，也没有朋友登门拜访，完美地阐释了什么叫作"家徒四壁""门可罗雀"。从诗句中看，他不仅生活穷困，而且连个共同生活的家人都没有。尽管有些自暴自弃，但他时常想起一些年轻时不得志的历史名人，如赶牛车出身、后成为齐国大夫的甯戚。

　　种地的日子实在是难过，收成也不好，高适再不出去找工作，恐怕要冻饿而死。开元十八年（730年），东北边境爆发了战乱，三十出头的高适，丢下锄头，开始像无数慷慨悲歌的燕赵男儿那样，北上投军。但高适的从军之路似乎有些坎坷，他并非仅仅想当普通军士，而是想成为将领身边的参谋，可是这样的岗位需要引荐。高适在《信安王幕府诗》中，就写了自荐信。

落梅横吹后，春色凯歌前。

直道常兼济，微才独弃捐。

曳裾诚已矣，投笔尚凄然。

作赋同元淑，能诗匪仲宣。

　　在这首诗中，高适自比建安七子中的王粲（字仲宣），希望能进入信安王帐下。可是在信安王看来，此时的高适，年过而立，毫无建树，说是个平民诗人都勉强，并没有同意高适的请求。高适没觉得自己作为大龄求职者，已经不中用了，他仍对自己充满自信，并在《别韦五》《别韦兵曹》中，毫不掩饰对未来的期望。

夏云满郊甸，明月照河洲。

莫恨征途远，东看漳水流。

惆怅春光里，蹉跎柳色前。

逢时当自取，看尔欲先鞭。

　　　自信心能够提升个体的价值感和自我接纳程度。
同时，适度的自信也会促使一个人更加勇敢地去尝试新的事物并挑战自我，不断学习和成长。这类人只要善于总结，在面对困难和挑战时，往往能展现出更加成熟和全面的思考方式，并运用自己的生活经验去解决问题。这种积极、成熟的应对方式有助于减轻心理压力和焦虑，从而使人保持年轻的心态。

五年左右的游历生活中，高适结识了许多朋友，虽然大部分都像韦五、韦兵曹那样，没有留下名字，但也有大名鼎鼎的人物。例如，高适的自信和才华受到了老前辈王之涣的赏识，二人由此结下了深厚的友谊。

鉴于投军之路不顺利，高适又想到了另一条出路，于是在开元二十三年（735 年）前往长安参加考试。这就相当于一个种地十年、流浪五年的大龄青年，突然要参加高考，而且并未进行复习。结果自然未能考中，但高适选择留在长安。接下来的几年里，他与草圣张旭、王昌龄、王之涣等人同游。虽然高适手头依旧不宽裕，但名声已经渐渐积累起来。

开元二十六年（738年），高适在长安仍没有找到工作，于是又回到河南。也是在这一年，他感慨于唐军在边境的多次战败，写出了代表作《燕歌行》，其中既体现了自己的斗志，也表达了对现实的深刻思考。

男儿本自重横行，天子非常赐颜色。
摐金伐鼓下榆关，旌旗逶迤碣石间。
校尉羽书飞瀚海，单于猎火照狼山。
山川萧条极边土，胡骑凭陵杂风雨。
战士军前半死生，美人帐下犹歌舞。

接下来的近十年内，高适又在河南、山东一带漫游，交友范围进一步扩大，其中包括李白、杜甫、李邕等名人。同时他也没忘了继续求职，写了许多赠给官员的诗。高适最有名的两句诗，当属《别董大二首》中的两句："莫愁前路无知己，天下谁人不识君。"在这里，高适将自己的自信传递给朋友董大。虽然后世读者已经不知道董大到底是谁，可能是董令望，或是琴师董庭兰，远远达不到名满天下的程度。但高适这种似乎超出现实的自信，无疑给董大吃了一颗定心丸，也让这两句诗成了后世送别时的经典用语。

漫游数年后，高适已经接近五十岁，还是没有找到工作。数年后，他在《酬裴员外以诗代书》回顾了之前的经历。

少时方浩荡，遇物犹尘埃。
脱略身外事，交游天下才。
单车入燕赵，独立心悠哉。
宁知戎马间，忽展平生怀。

这些诗句并不像是一个即将到天命之年的人所写，更像是出自一个精力充沛的青年之手。终于在天宝八载（749年），睢阳太守张九皋（张九龄的弟弟）推荐高适去参加考试。高适考中后，成为封丘县尉。这个从九品的小官，是他人生的第一份正式工作。

机会留给有准备的人

如果没有战争，高适可能会是个山水田园诗人。他可能会在县尉的任上度过几年，到六十岁时申请退休。但高适觉得，自己的人生不能止步于封丘县尉的位子。这份工作他只干了不到三年，就写下了《奉酬睢阳路太守见赠之作》，抱怨自己拿这么点工资，却干这么累的活儿，认为自己"也不争气"，还不如归隐田园。天宝十一载（752年）秋天，高适毅然辞官，再次奔赴长安。首都，我高适，又回来了！这次归来的高适，看似还和以前一样，可是却有了工作经验，也积累了更广的人脉。果然，秋天还没结束，他就被推荐成为名将哥舒翰的幕宾。

这次，高适终于遇到了伯乐，他也没有浪费这个机会，得到了哥舒翰的赏识和提拔。由于哥舒翰在唐玄宗面前大力推荐，从此高适青云直上。机遇总是留给有准备的人。我们需要时刻保持敏锐的洞察力，发现身边的机遇，并勇敢地抓住它们。老天爷并非总会给你机会，当机遇降临时，千万别"耍大牌"。

天宝十四载（755年），安史之乱爆发，哥舒翰镇守潼关。高适建议唐玄宗拿出自己的小金库资金作为军费，玄宗并不听从。果然，次年唐玄宗西逃，哥舒翰兵败。高适追上唐玄宗，在皇帝面前敢于直言，指出哥舒翰兵败的原因，并提出了自己的建议。在《陈潼关败亡形势疏》中，高适点明：监军不体恤军士，后勤物资跟不上，肯定会打败仗。唐玄宗赞同高适的观点，不久升他为侍御史。由此可以看出，有主张，就要在最关键的时候讲出来，事后诸葛亮容易做，难的是当场就能切中要害。高适的这次进言，不但为恩人求情，也展示了自己的政治才能，从这点来说，高适比杜甫更务实。

唐玄宗虽然赏识高适，但无奈此时决策能力显然不足。他决定将军权分给儿子们，期望以此平定安禄山叛乱。高适意识到此举必引来大乱，苦劝皇帝无果。但高适这次依旧给自己创造了好机会。就在当月，太子李亨突然继位，唐玄宗变成了太上皇。李亨听说了高适的大名，想必心中长舒一口气——如果父亲听了他的建议，哪还有自己的今天？为了坐稳皇位，李亨需要削弱兄弟们手上的兵权，而高适正好是父亲留给自己的"铁拳"。永王李璘此时就不服大哥的管束。在听完高适对于局势的分析后，李亨大为叹服，封他为御史大夫、扬州大都督府长史、淮南节度使，领广陵等十二郡。短短几年间，高适已经从一个从九品下的官员，升为从三品。其升迁速度之快，在整个中国历史上都十分罕见。

机遇虽然不可控，但是我们可以具有"准备"这一积极的心理状态。准备包括学习新知识、提升技能、建立人脉关系等。在这个过程中，个体会不断积累经验和能力，在面对未来的挑战时，就有更大的胜算。在个体所积累的诸多能力中，观察力尤为重要。观察力强的人，能识别出机遇，并能够在第一时间做出反应。

永王李璘的军队果然不堪一击，被高适用离间计轻松化解。可令人惋惜的是，昔日好友李白此时就是永王的幕僚。两位伟大的诗人，竟然成了敌对方。或许他们曾互相倾慕，但命运却不会顾及他们的个人情怀。高适，身披战甲，执剑而立；李白，虽身为文人，却不幸卷入叛乱的漩涡。他们之间的界限，如此分明。

李璘的败局已定，高适的辉煌也即将开启，而李白则注定在这场较量中一败涂地，成为阶下囚。后人评价高适，总会说他不念旧情，毕竟李白在监狱里写下《送张秀才谒高中丞》，托人送给高适，但是高适并没有任何回应。此时，两人已经不是同路人了。李白一辈子都在靠自己的天赋，加上经济上的阔绰，在几十年的人生中，并没有太多政治层面的成长，仍然是那个意气风发的少年。即便在这首诗中，他也是一半夸张良一半夸高适，并未直接说出求助的话。而贫苦出身的高适，早已知道，他不能和富家子弟长期走在一起。他在二十岁时，就写下《行路难二首》。

长安少年不少钱，能骑骏马鸣金鞭。

五侯相逢大道边，美人弦管争留连。

黄金如斗不敢惜，片言如山莫弃捐。

安知憔悴读书者，暮宿灵台私自怜。

高适明白，自己不是富家子，如今的成就主要靠自己的奋斗。对于李白充满浪漫的诗歌，高适可能心中暗想：都这时候了，你还不有话直说，继续玩文字游戏，那我也只好装聋作哑了。从大局上来看，李白是叛军成员，为他求情也对国家不利。这并不意味着他冷漠无情，而是其在处理人际关系时表现出的一种明智和决断。

有人说，平定永王李璘是高适捡了个大便宜。事实上，机会总是青睐那些有准备的人。高适准备了五十年，他博览群书，游历四方，始终坚守着自己的信念和梦想。当机会终于来临时，他毫不犹豫地抓住了它，成就了自己的宏伟事业。如果我们未能成功甚至遭遇失败，或许应该反思自己是否已经准备充分。高适在军旅生涯的磨炼中，已经让自己成为一名军事家。在平定永王李璘后，高适又领兵解救睢阳之围，立下赫赫战功。尽管后来因言获罪，但他的功名和诗名依然远播。经过几番周折，乾元二年（759年）高适担任四川彭州刺史。年底，杜甫也来到成都，二人多次互赠诗文。高适多次周济杜甫，这也证明他并非不念旧情的人。

高适即便离开了军队，也依旧是一个擅长实践的人。在任蜀州刺史时，他发现吏制烦冗，百姓疲敝，于是上疏请求精简机构。接下来的几年里，蜀中兵灾不断，高适也屡立战功。唐代宗广德元年（763年），他转任剑南节度使，这次依旧是临危受命，将要面对强国吐蕃。但由于双方实力悬殊，高适这次打了败仗。

唐代宗仍旧相信高适的才华，没有惩罚高适，还给他升了官。高适成为刑部侍郎，又转任散骑常侍，官阶升为正三品，加授银青光禄大夫，进封渤海县侯，食邑七百户，成了唐朝唯一封侯的诗人。可惜高适并没有时间享受这些荣耀，第二年正月，他就去世了。朝廷追赠其为礼部尚书，谥号"忠"。

高适的起点并不高，家中贫困，出游时甚至需要厚着脸皮求人救济。但他并没有被贫困击垮，反而磨砺出了百折不挠的强大心理韧性，也总结了许多经验教训，完成了个人的升级迭代。这种心理素质，对于现代人同样重要。同时，仅有满腔热血是不够的，我们还要留心观察总结，这样才能提出有建设性的意见。最终，在人生的最后十年，高适在岗位上几乎没有解决不了的问题，展现出了耀眼的光芒。

清代牟愿相在《小澥草堂杂论·诗》中说："盛唐自李、杜外，旧以王、李、高、岑并称，非也。王维定合与李、杜鼎足；岑参在李、杜、王三家之下，亦可肩随；至李颀、高适，则诗中之长者。"历代诸多名家，也多赞同高适的诗悲壮而有骨气。靠着这口气，高适支撑了自己前五十年失败的人生，在机会更多的现代，我们也可以对自己说："任何打不死我的磨难，只会让我比之前更强。"

四、面对取舍不为难

> 许多来访者会陷入左右为难的选择中，每个选择都有好处，也有坏处。我常会让他们发现：人生没有绝对的安逸，也没有绝对的冒险。真正的挑战在于如何在这两者之间找到平衡。

王昌龄，字少伯，按照家族排行称为"王大"，是与高适、岑参、王之涣齐名的"边塞四诗人"之一。他算是唐代诗人中典型的神秘人物。我们不知道他到底是西安人还是太原人，也不知道他具体为何被贬，更不清楚他最后为何被杀。但是他的作品简洁明快，擅长将情与景相结合，留下了许多脍炙人口的佳作。在唐代人编纂的《河岳英灵集》中，收录的王昌龄的诗作数量，竟然比李白还多。

收获背后的互惠

与大部分人想象的不同，王昌龄一生只在西北边塞待了两年左右。而大部分的工作时间里，他都是在江宁（今江苏南京）、岭南（今两广、越南地区）、龙标（今湖南怀化黔阳）等南方地区，因此常被称作"王江宁""王龙标"，而不是"王塞北"。纵然如此，他在边塞这两年间，也写出了一生中最著名的诗句。

秦时明月汉时关，万里长征人未还。
但使龙城飞将在，不教胡马度阴山。

《出塞》可谓是王昌龄的代表作。明代第一才子杨慎（《滚滚长江东逝水》一词的作者），称这首诗"可入神品"。李攀龙、王世贞等人也认为，这首诗是唐人七绝第一。第一句先写了月亮和关隘两个静物，一下子跨越了时光，第二句又写出了万里之遥的距离。这两句诗涵盖了宏大的时间和空间，但却不显得自由。不管是秦汉还是如今，月亮还是那个月亮，关隘还是那个关隘，战争也依旧在继续。即使已经过了这么久，军人们还是一代代重复着之前的战斗。为什么要如此呢？后两句给出了答案：只要兵至龙城的卫青、绰号"飞将军"的李广那样的人还在世，胡人的马就无法度过阴山。这就比之前的情绪要积极多了。反之，如果不守好边境线，胡人就会打过来。这首诗整体的情绪很复杂，悲凉中有些高亢，积极中又有些无奈。

生活中的许多事情都是如此，假设你不去努力攻破难关，那么困难就会迎面给你沉重一击；但如果你愿意战斗，又要承受其中的艰辛。**许多人夹在其中难以取舍，所以选择了一个看似聪明的方法：在不知道往哪里走时，以为一动不动最为安全**。殊不知，这等于放弃了自己的主动性，说得难听点，就是将自己置于一个任人宰割的状态。

> 几乎所有求助于心理咨询师的人，都会带着自己的"选择困难症"前来，这些统称为心理冲突。其中，有"鱼和熊掌"的双趋冲突，有"瞻前顾后"的双避冲突，有"爱恨交加"的趋避冲突，有"月亮和六便士"的双重趋避冲突。心理咨询师不能替

王昌龄早已明白，打仗成本很高，意味着要远离家乡、艰苦度日，甚至可能牺牲生命。但不打仗的话，敌人一定不会按照人们的期待，主动退兵。所以他在感叹完无尽的战争之后，接下来还是像一位孤勇者一般，冲向战场前方。

王昌龄在许多诗句中，也都展现出这种看似纠结、实则别无选择的状况。在另一首《闺怨》中，王昌龄没有了金戈铁马的豪迈大气，转换为闺中少妇的视角，但依旧想到了战争。少妇劝丈夫去从军，但看到春日杨柳，突然涌起一种孤寂感：如果当时我没让他去博取功名，或许此时我们就能一起赏玩春景。

闺中少妇不知愁，春日凝妆上翠楼。
忽见陌头杨柳色，悔教夫婿觅封侯。

少妇真的后悔吗？从王昌龄的其他诗句中，我们看到了这个故事的续集。在《青楼曲二首》中，丈夫平安回来，还当了官，这是标准的大团圆结局。此刻，即便她当初有些后悔，也全都烟消云散了。

驰道杨花满御沟，红妆漫绾上青楼。
金章紫绶千余骑，夫婿朝回初拜侯。

这几首诗或许给我们一个暗示：奋斗之路必然艰辛，然而当你成功时，就会发现这一切都值得。王昌龄所在的盛唐时期，军事实力雄厚，足以睥睨四方，因此唐帝国也具备高高在上的资格。再对比之后的宋朝，用金钱向辽、金等政权换取和平，却壮大了这些民族政权的实力，也将自己变成了待宰的肥羊。在靖康之变和崖门之役时，我们希望当时的宋人能够明白：所有的成功，都是有舍有得的互惠。人生就像打麻将，只有放弃手中的一部分牌，才能摸到新牌，让你有机会获得最终的胜利。

离别时的最佳态度

在王昌龄留下的一百八十一首诗中，送别诗就有五十二首之多。他一生交友广泛，仅仅诗人圈子里就有李白、高适、王维、李颀、王之涣、岑参、孟浩然、李邕、常建、裴迪、刘眘虚……王昌龄可谓唐朝人缘最好的诗人之一。或许也正是因为如此，最后他会被闾丘晓"忌杀"。然而，他最有名的送别诗即《芙蓉楼送辛渐二首》，却是送给一个名不见经传的人——辛渐。大部分人只知道第一首，却不知道还有相对孤寂的第二首。

洛阳亲友如相问，一片冰心在玉壶。

高楼送客不能醉，寂寂寒江明月心。

在第一首中，尽管王昌龄处于被贬的境地，但他在诗中并未流露出过多的消极情绪。相反，他通过描绘与好友辛渐的离别场景，展现了对未来的乐观态度和对生活的赤诚热爱。他期待与辛渐在未来的日子里能够再次相聚，"尽管人生充满了离别和坎坷，但只要我们保持对友情的珍视和纯净的心灵，就能够克服一切困难，最终收获幸福"。在第二首中，面临离别的悲伤，王昌龄选择了"不能醉"的状态，满是对情感的克制和对理智的坚守。他没有沉溺于悲伤中无法自拔，而是选择以清醒的状态，面对这一人生常态——千里送客，终将离别。这种觉悟，让他获得了强大的情绪管理能力。正因如此，即使面对周遭景物的孤寂和寒冷，他的内心依然如明月般皎洁清澈，不为外界所动。在另一首《送柴侍御》中，他更是直言不讳地表示：我现在一点都不悲伤。

沅水通波接武冈，送君不觉有离伤。

青山一道同云雨，明月何曾是两乡。

虽然二人远隔山水，但共同看着云、雨、明月，就好像站在对面一样。可以说，王昌龄在苏轼之前，就用自己的诗句表达出"千里共婵娟"之意。月亮是王昌龄在送别时特别喜欢用的意象。在《送魏二》中，有"忆君遥在潇湘月，愁听清猿梦里长"。在《送张四》中，有"别后冷山月，清猿无断时"。在《送任五之桂林》中，有"山为两乡别，月带千里貌"。长臂猿的叫声也是王昌龄喜欢提到的，常常和月亮一同出现。如在《卢溪别人》中，他也描述了长江两岸的猿声。

武陵溪口驻扁舟，溪水随君向北流。

行到荆门上三峡，莫将孤月对猿愁。

王昌龄告诉友人，我虽然不能一直陪着你，但是溪水会随你北上，希望你在接下来的旅程中，不要过于伤感。对于每个人来说，离开身边熟悉的环境，一定会带来诸多不便。但我们依旧可以适应它，只要将这些困难视作成长的机会，而不是阻碍即可。

我们不能单纯地评价王昌龄过于洒脱。文学研究者或许看不出，但是作为一个理工男，笔者发现一个生物学上的事实——猿声和月亮并不会同时出现。唐诗中常出现的猿，哪怕不仅指喜欢长啸的长臂猿，连中国境内其他爱叫的猴子都算上，全是日行性动物，基本在白天"大合唱"，在夜里也是要睡觉的。因此，明月与猿啼同在，大多数情况下是王昌龄自己的构想。如果不是心中有哀伤，为什么会联系在一起呢？他只是用积极的话语，来冲淡双方的惆怅。当然，也不是每次都要这么乐观。在《送狄宗亨》中，王昌龄就不加掩饰地表达了哀愁，仿佛被闺怨之气附体了。

秋在水清山暮蝉，洛阳树色鸣皋烟。
送君归去愁不尽，又惜空度凉风天。

分离之所以会让人感到焦虑，主要是因为人类天生具有社会属性，习惯于与他人建立紧密的联系和依赖关系。我们无法让所有朋友都围在身边，只能说服自己，分离是生活中不可避免的一部分，要学会接受并处理这种情绪。

分离也并不是全无好处。在和远行之人道别的同时，我们也更加珍惜那些还在身边的亲友，更加能够抓住当下的幸福。可以说正是因为有了分离，人与人的感情，才变得更加珍贵。

王昌龄自身事迹颇具神秘色彩，他在写诗时也很少提及自己的事情。但正是这些诗歌，为他的形象增添了独特的光辉。他不仅交友广泛，活在朋友们的诗歌中，还是位诗歌理论家。他所著的《诗格》，可以看作是一本教人如何写诗的书。他在江宁也极有可能开过学习班，因此又被称为"诗家夫子"，也有后人尊称王昌龄为"诗天子"，这个赞誉实不为过。在许多批评家眼中，王昌龄丝毫不逊于好友李白，明代陆时雍《诗镜总论》说："王昌龄多意而多用之，李太白寡意而寡用之。昌龄得之椎炼，太白出于自然，然而昌龄之意象深矣。"王世贞也说："七言绝句，少伯与太白争胜毫厘，俱是神品。"王昌龄专攻七绝，有"七绝圣手"之称，而李白则绝句、律诗、古风、赋都擅长。如果七绝相当于拳法，他俩在一起，就像是拳击冠军对战自由搏击冠军。即使不单比拳法这一项，两人也不一定谁输谁赢，毕竟有几个格斗家，敢说自己能稳赢泰森呢？

第五章

把酒江南，聚会上肆意挥洒

一、走出分离创伤

　　每个人都生活在很多重要的社会关系中，其中有些关系可能无法持续下去，总会因为各种原因而出现破裂或走向终结，这也是让大多数人都难以接受的情况。不管是好友决裂还是生离死别，古人已经给我们提供了一些应对这些情况的智慧，让我们能够保持从容的状态。

　　我们上学时，课本上关于白居易的介绍是"与刘禹锡多有唱和"，并未提到元稹。元稹的作品也极少被选入教材，大概是由于他的感情过于深沉，不适合年龄较小的学生理解。

做一个优雅的绝交者

　　元稹，字微之，河南洛阳人，按家族排行称为"元九"。

元稹的母亲出自名门荥阳郑氏，而从父亲这边往上追溯，十九代之前的先祖当过皇帝，虽然只是东晋十六国中代国的皇帝拓跋什翼犍。元稹本可以度过一个快乐童年，但他八岁时丧父，从此家道中落。幸亏母亲认字，给了他比较全面的教育。唐德宗贞元九年（793年），十五岁的元稹考中了明经科。然而，十几岁的年轻学子，即便到了现在，当个居委会主任恐怕也没人服气。同样地，元稹也没有被授予合适的官职，过了一段漂泊的日子。这一漂就是六年，可能因为家里实在揭不开锅，元稹去山西蒲州当了一个小官。贞元十八年（802年），二十四岁的元稹又回到长安，准备参加书判拔萃科考试，一眨眼，他已经离家十年了。

次年，元稹在这次考试中发现，有一位同学，其经历和自己非常相似。二人都是父亲早亡、家道中落、多年离家、爱好诗文，甚至还都有胡人血统（当然最后一项在唐朝不算稀罕）。最重要的是，两人都是单身汉，可以有大把的时间讨论未来。这位同学便是白居易，虽比元稹大七八岁，但二人并无代沟。许多人都爱讨论相似之人还是互补之人究竟更适合在一起，似乎各有各的道理，但是从大数据上看，还是物以类聚的居多。**好朋友就像是平行宇宙中的另一个自**

己，两人爱好相似，想法一致，可以在人生旅途中一起享受共同的时光。

若是非要比个惨，白居易家里显然是更惨一些。他没有名门出身的母亲，幼年时又被叛军驱赶，被迫数次跨省逃难。三十岁出头的老白，心态也不如二十五岁的小元。白居易看着这位年轻的小兄弟，常常发出感叹，觉得自己要先变成一个老头了。在《秋雨中赠元九》中，就有一句"莫怪独吟秋思苦，比君校近二毛年"。而元稹马上安慰这位好大哥，写了《酬乐天秋兴见赠本句云莫怪独吟秋兴苦比君校近二毛年》，题目很长，生怕别人不知道这首诗是为了唱和"那个人"的"那首诗"。

劝君休作悲秋赋，白发如星也任垂。
毕竟百年同是梦，长年何异少何为。

在这首诗中，元稹告诉白老兄不能再这般忧愁，更不必惧怕秃顶，反正大家普遍难以活到百岁，年龄相差几岁又何妨。从近代统计学的方法来看，二者确实差异不显著。

元稹不但擅长安慰人，而且学习成绩也比白居易更好些。唐宪宗元和元年（806年），二人同登"才识兼茂明于体用"科，元稹为第一名。可惜不久之后，白居易被外派到陕西盩厔县当县尉。于是，白居易写下一首《权摄昭应早秋书事寄元拾遗兼呈李司录》，或许较长的标题，可以展现出自己纷繁复杂的思绪。这种长标题至今也常出现在日本的小说封面上。

丹殿子司谏，赤县我徒劳。

相去半日程，不得同游遨。

到官来十日，览镜生二毛。

可怜趋走吏，尘土满青袍。

元稹看到这首诗，马上写下一首《酬乐天》。如果单拿出其中的一些句子，一定会让人觉得是男女之间的情书。唐人普遍有一种放达之气，很少欲说还休，在送别时常常大声说出心里话，当时的旁观者看了也不会多想。

逮兹忽相失，旦夕梦魂思。

……

愿为云与雨，会合天之垂。

元稹不仅拥有感性的一面，他的执政能力也比许多诗人要强。相较之下，白居易就显得有些单纯和刚直。元稹刚登科时就被授予左拾遗一职，这是一个给皇帝提意见的小官。新官上任三把火，他从皇子教育、祭祀到西北边防向皇帝连提了好几个意见，并支持监察御史裴度打击权贵，因此马上引起了唐宪宗的注意。但他锋芒毕露，得罪了不少权贵，皇帝耳边就响起这样的声音："他这么喜欢抓坏人，那就先让他去当县尉吧！"元稹当年便被外放为河南县尉，白居易也同时被外放为县尉。恰逢母亲去世，元稹居家守孝三年，回朝后被提拔为监察御史，还是个容易得罪人的职位。

　　果然，同年元稹又被排挤到东川。也在这一年，元稹的妻子去世。元稹的厄运还没到头，次年他又得罪权贵，这次是房玄龄的后人。他被召回京城接受处罚，在回来的路上，与宦官仇士良在驿站产生冲突。中晚唐时期的宦官势力极大，甚至多次杀死皇帝。仇士良一生杀死过二王一妃四宰相，是当时最厉害的太监之一，后世明朝的大太监汪直、刘瑾、魏忠贤等人根本无法与之相提并论。这样的人显然不会把元稹放在眼里。元稹被宦官刘士元用马鞭殴打，赶出驿站。然而唐宪宗偏袒宦官，反而贬元稹为江陵府士曹参军。

白居易上疏为元稹辩护无效，在元稹离京后写下《初与元九别后忽梦见之及寤而书适至兼寄桐花诗怅然感怀因以此寄》，题目依旧超长。

　　昨夜云四散，千里同月色。

　　晓来梦见君，应是君相忆。

　　梦中握君手，问君意何如。

　　君言苦相忆，无人可寄书。

　　觉来未及说，叩门声冬冬。

　　言是商州使，送君书一封。

　　枕上忽惊起，颠倒著衣裳。

　　开缄见手札，一纸十三行。

　　上论迁谪心，下说离别肠。

　　心肠都未尽，不暇叙炎凉。

　　如果说这世界上有单纯的感情，元白之交一定是最好的例证，他们之间没有人走茶凉，反而距离越远，思念越甚。这种无所求的爱像是手足兄弟一般，有别于男女之情。在当时社会，人们的爱情观念深受时代背景和文化传统的影响，呈现出一定的局限性：男性倾向于欣赏女性的美貌与柔情，而女性则看重男性的责任感与才华，这种关系表面上看似和谐，实则暗藏诸多复杂的社会及个人因素。不信你看，男诗人写给女子的情诗中，经常会不吝笔墨地赞叹女子的美貌。

著名心理学家弗洛姆在《爱的艺术》中认为，兄弟之爱是所有爱的基础。它是无条件的，不受外在因素的制约。这种爱中，人会超越个人的狭隘视野，关注对方的需求和幸福。因为爱是一种对世界和对自己的情感，这种情感决定了人与世界的联系方式，也就是人生态度。

元和十年（815年），元稹回到长安后不久，又被贬谪通州（今四川达州），随后白居易也被贬为江州司马。二人一住长江头、一住长江尾，互相和诗多达一百八十首。唐诗在当时相当于流行歌曲，而元白的唱和诗，就是当时的热榜前几名。只是不知道唐朝有没有类似广场舞的娱乐活动，可以让它们进一步发挥影响力呢？

通州任上大概是元稹最艰苦的一段时光，他得了重病，更加思念白居易。在《闻乐天授江州司马》，元稹似乎担心得"回光返照"。

残灯无焰影幢幢，此夕闻君谪九江。
垂死病中惊坐起，暗风吹雨入寒窗。

而白居易当然也想到了元稹，在《梦微之》中，明明是自己心心念念，非要说是对方想自己："不知忆我因何事，昨夜三更梦见君。"元稹也写了《酬乐天频梦微之》，解释自己没梦到白居易，一定是因为病得神志不清。

山水万重书断绝，念君怜我梦相闻。
我今因病魂颠倒，唯梦闲人不梦君。

元白二人在一些画作中，常常分别穿黑白衣服，因为"元"通"玄"，玄色就是黑色。两人本可以这样亲密地度过一生。然而，如此情深义重的元白，竟然也有断交的时候。

元和十四年（819 年），唐宪宗召元稹回京。紧接着，元和十五年（820 年），唐宪宗被宦官杀死，唐穆宗即位。元稹得到宰相段文昌的推荐，迅速升迁，但也更进一步地陷入是非的旋涡。曾经同仇敌忾的裴度在《论元稹魏弘简奸状疏》中，揭发元稹勾结宦官魏弘简，谋求高位，致使元稹从翰林院调到工部。次年元稹拜相，又有人从中挑拨，声称元和十年（815 年）六月的刺杀案，幕后指使者是元稹。这完全是无稽之谈。那年三月，元稹被贬到四川，当时的状态如《酬乐天得微之诗知通州事因成四首》中所说，是"定觉身将囚一种，未知生共死何如。饥摇困尾丧家狗，热暴枯鳞失水鱼。苦境万般君莫问，自怜方寸本来虚"。他怎么可能指挥长安的刺客？从个人感情上来说也不可能。首先，元稹和当时被刺杀的武元衡是好友，他的推荐人段文昌更是武元衡的女婿。其次，当时被刺伤的裴度，也尚未和元稹有分歧。最后，元和十年（815 年），元稹娶了裴度的同族裴淑为妻。

但真相往往并不重要，案子最后不了了之，元稹和裴度先后被贬出长安。而在这件事中，谁也没想到，单纯的白居易相信了他人的挑拨，果断站队裴度。唐穆宗长庆二年（822 年），白居易呈上《论请不用奸臣表》，大骂元稹"矫诈乱邪""有嚣轩之过"。他同时表示："臣素与元稹至交，不欲发明，伏以大臣沈屈，不利于国，方断往日之交，以存国章之政。"为了国家，我要与元稹绝交。后世许多文集，都不忍心将这一篇收录。元白二人自此淡出了对方的世界，这一年，二人无任何唱和。

但就在当年，白居易因为自己的军事意见不被采纳，自请外任杭州刺史，此时元稹在越州（今绍兴）。大概白居易潜意识中还是不想离元稹太远，所以选择了当时还不算繁华的杭州。

但仅过了一年，元稹就出现在白居易举办的一场宴席上。元稹是浙东观察使，虽说其负责的浙东七州不包括杭州，但要说他与杭州刺史白居易没有工作交集，概率也很低。如果二人记仇，大可以老死不相往来，只要其中一方坚持请病假就好，但两人都没那么别扭。席上众人都知道元白的唱和，自然会起哄一番，请二人再来两首。二人的作品也确实都是文坛一流。元稹显然比白居易更外向开朗一些，先来了一首《赠乐天》。

莫言邻境易经过，彼此分符欲奈何？
垂老相逢渐难别，白头期限各无多。

两人都已经老了，见一面少一面，他们曾经那么挂念对方，难道剩下的几年，还要继续这样？元稹没有直接求和，也没提起过去的任何不愉快之事，而是客观地陈述两人的处境："我已经在这里了，向你迈出了一大步，接下来要怎么样，乐天你是明白我的心的。"

　　元稹深知白居易之所以翻脸，是因为他生性单纯耿直，对事不对人，而不是出于私怨。既然事情已经过去，那便无须深究。真正的好朋友之间，往往拥有极高的容错率。就像翻脸的夫妇一样，一旦想到过去的美好和二人的孩子，也不会轻易离婚。元白二人的唱和诗集，就是他们的"精神之子"。

　　在想要复合时，放下身段是最有力的武器。白居易此时再也坐不住了，明明是自己先伤了元稹，可是元稹竟然主动示好。此时的百感交集，足以将白居易吞没，他也马上写下一首《席上答微之》。

> 我住浙江西，君去浙江东。
> 勿言一水隔，便与千里同。
> 富贵无人劝君酒，今宵为我尽杯中。

啊也别说，好兄弟，在酒里，过去就算不高兴，一杯好酒都化尽。他们用行动证明，即便友谊的小船说翻就翻，还是能够重新扶起来，而且能比之前更加平稳。此后二人又相互唱和，有时真像在说相声。例如，元稹写了《以州宅夸于乐天》，白居易就回《答微之夸越州州宅》。下面请大家欣赏相声，南派《夸住宅》，表演者元九、白二十二。

元稹：请您看看我们家这住宅（一段华丽的贯口词）。怎么样？住这么好的地方，我都觉得我不是人了！

白居易：那您是什么呢？

元稹："我是玉皇香案吏，谪居犹得住蓬莱！"

白居易：得，您先等会儿。我看您这是之前在陕西同州当官，风沙吹多了，看见南方就觉得了不得，这就叫"厌看冯翊风沙久，喜见兰亭烟景初"。

元稹：那我不管，您就说我这儿好不好看吧！

白居易：您这虽然好，但是不够看。

元稹：这么说，您知道什么好地方啊？

白居易：这么跟你说吧！除却余杭尽不如。

元稹：嘿！

如果老天爱护读者，会让元白二人继续唱和，直到两人都老得哪里也去不了，还依然能够应答彼此掌中的诗稿。可这段友情继续了不到十年。太和五年（831年）七月，元稹暴病身亡，年仅五十三岁。而他的墓志铭，最为合适的作者必然是白居易。白居易再次以极长的标题写了这篇《唐故武昌军节度处置等使正议大夫检校户部尚书鄂州刺史兼御史大夫赐紫金鱼袋赠尚书右仆射河南元公墓志铭并序》。在墓志铭中，白居易表明了对元稹的理解，认为他之所以热衷于高位，是想要给百姓做更多贡献，并非单纯热衷于权力。单纯耿直的他终于理解了这个"有心机"的朋友。因为这篇墓志铭，元家给了白居易丰厚的报酬，白居易则全部捐给了寺庙。

墓志铭刻在石碑上，是给所有扫墓的人看的。白居易还写了一篇祭文，讲述自己对元稹的心里话："呜呼微之！贞元季年，始定交分。行止通塞，靡所不同；金石胶漆，未足为喻。死生契阔者三十载，歌诗唱和者九百章。播于人间，今不复叙。……呜呼微之！六十衰翁，灰心血泪，引酒再奠，抚棺一呼。"在这篇《祭微之文》中，白居易记录元稹写给自己的最后两首诗，即《过东都别乐天二首》。

君应怪我留连久，我欲与君辞别难。

白头徒侣渐稀少，明日恐君无此欢。

自识君来三度别，这回白尽老髭须。

恋君不去君须会，知得后回相见无。

　　这篇祭文总结了元白一辈子的友谊，白居易不仅要给元稹看，还要向所有人分享他们的感情。之所以这样说，是因为此文的开头显得非常絮叨："维大和五年，岁次辛亥，十月乙丑朔十七日辛巳，中大夫、守河南尹、上柱国、晋陵县开国男、食邑三百户、赐紫金鱼袋白居易，以清酌庶羞之奠，敬祭于故相国、鄂岳节度使、赠尚书右仆射元公微之。"我想白居易将元稹的所有头衔都加上，是想告诉后世读者："我是当过这些官的白居易，他是当过那些官的元稹。如果还有其他重名的人物，你们千万别弄错了啊！"

　　我们都羡慕元白，想成为元白，可是现实中再难有元白。大部分的绝交，就像歌里唱的那样，"只有那合久的分了，没见过分久的合"。元白的友情过于稀有，以至于二人绝交后，还能优雅地重修旧好。只有双向奔赴的友情，才有这样的魅力。

如何走过生离死别

元白之交已然成为一段历史佳话，两人之间的深情厚谊在诗作中表露无遗。譬如，元稹在唐宪宗元和十一年（816年）的通州任上，收到白居易来信，马上写出《得乐天书》。

远信入门先有泪，妻惊女哭问何如。

寻常不省曾如此，应是江州司马书。

友情中执着之人，在爱情中表现如何呢？研究者们几乎一致认为，元稹对历任妻子用情至深，只可惜元家所有人，似乎都天不假年。

元稹的第一任妻子，是高官韦夏卿之女韦丛，唐德宗贞元十九年（803年）二人成婚。在此之前，元稹有一个恋人，但可能是为了自己的前程，选择让她成为自己的白月光。在当时的社会环境中，这是元稹的无奈选择，只有当上高官，他才能有机会更好地施展抱负。婚后，元稹与韦丛感情甚笃，生下女儿保子。但好景不长，唐宪宗元和四年（809年）韦丛病故，年仅二十七岁。元稹与爱人生离死别。他请了擅写墓志铭的韩愈写下《监察御史元君妻京兆韦氏夫人墓志铭》，自己也写了《祭亡妻韦氏文》以及《遣悲怀三首》等。

野蔬充膳甘长藿，落叶添薪仰古槐。
今日俸钱过十万，与君营奠复营斋。

尚想旧情怜婢仆，也曾因梦送钱财。
诚知此恨人人有，贫贱夫妻百事哀。

同穴窅冥何所望，他生缘会更难期。
惟将终夜长开眼，报答平生未展眉。

怀念亡妻的诗中，最著名的还是《离思五首》中的第四首。

曾经沧海难为水，除却巫山不是云。
取次花丛懒回顾，半缘修道半缘君。

尽管元稹深深地陷入对亡妻的思念之中，但他并没有完全沉溺于消极情绪。相反，他通过回忆与韦丛共度的艰难岁月，以及她贤良淑德的品性，传达对过去美好时光的怀念和珍视。这种积极心态，帮助他在悲痛中找到了力量。离世的人已经走了，活着的人还要继续生活，否则死者也不会安心。他继续努力升职加薪，给亡妻风风光光补上了一场法事。

从墓志铭中我们可以看出，韦丛生过"五子"，只剩下一个女儿，大概是刚生下女儿她就去世了。次年元稹被贬江陵，年幼的女儿仅能绕床行走。元稹自己也疾病缠身，虽然妻子去世不久，可这个家如果没有一个女主人，实在不像是个家的样子。在好友李景俭的安排下，元稹纳安仙嫔为妾。很快，安仙嫔为元稹生下儿子元荆。元稹此时和曹操一样患头风，还多痰。听了宰相裴垍的建议后，他尝试吃橘皮朴硝丸，数月痊愈。一家人仅过了三年，元和九年（814年）安仙嫔病故，元稹写了《葬安氏志》，不久带着子女回京。

元和十年（815年），元稹又被贬谪四川。他再次组建家庭，这次依旧是豪门之女，河东裴氏的裴淑。两人育有多个子女。元和十四年（819年），元樊、元降真两个女儿去世，两年后，元荆也去世，只有十岁出头。这对元稹打击巨大，写下《哭子十首》。

乌生八子今无七，猿叫三声月正孤。

寂寞空堂天欲曙，拂帘双燕引新雏。

可能是由于唐朝相对有限的医疗条件，也可能是因为当时婴幼儿的高夭折率，再加上深受"多子多福"传统观念的影响，韦夫人几乎每年都要生一个孩子，最终盛年而逝。

对于普通人而言，亲人离世恐怕是人生中重大的打击。接受并允许自己感到痛苦，是治愈的重要环节。如果我们尝试从亲人的离世中找到某种意义或汲取教训，并为自己设定新的目标，就更有助于将痛苦转化为继续生存的力量。同时，我们也要积极寻求周围其他人的心理支持，有时仅仅是有人愿意倾听，就能给人带来很大的安慰。

一连串丧妻丧子的打击，让元稹总结了经验教训，意识到平平安安才是最大的福气，不再一味迎合当时的社会风潮，那么高频率地生孩子。在元稹五十三岁去世时，留下的有女儿小迎、道卫、道扶，还有最后一个儿子，道护。此时这些孩子都还未成年，只有大女儿保子成年。道卫与丈夫韩郎也早逝，大概都没活过二十岁。相较之下，五十三岁的元稹，在家人中算是长寿的存在。元稹的好朋友白居易，也是儿女早亡，最终过继侄子以继承家业。如果二人的孩子们都健康长大，这两家相处会非常热闹。

人生的最后十几年，好在有裴淑理解他。裴淑字柔之，也是一代才女。元稹为她写过《黄草峡听柔之琴二首》《景申秋八首》《感逝》《妻满月日相唁》《赠柔之》等。在《听妻弹别鹤操》中，元稹再次表露自己的愿望："商瞿五十知无子，便付琴书与仲宣。"《别鹤操》是一首感叹无子的古琴曲，其中商瞿是孔门七十二贤人之一，孔子判断他四十岁之后会有五个儿子。但元稹此时还没儿子，就想着将自己的作品托付给其他有才华的后辈。当然，白居易看到这首诗，也唱和一首《和微之听妻弹别鹤操因为解释其义依韵加四句》，诗中劝元稹："即便没孩子，夫妻白头偕老也不错，千万别离婚。"

裴夫人也与元稹有唱和，在《答微之》中："黄莺迁古木，朱履从清尘。想到千山外，沧江正暮春。"元稹在《酬乐天东南行诗一百韵并序》中也说："通之人莫可与言诗者，唯妻淑在旁知状。"其他人不与他谈论诗文，只有妻子了解。二人既是文友，又是生活伴侣，这可以说是元稹最幸福的一段日子。

如果古代女性可以选择丈夫，恐怕不会选择像李白那样不爱回家的人，而会选择像元稹这样有生活情趣的人。他喜欢下棋、品茶、赏花，这样热爱生活、充满闲情逸致的人，难怪他的历任妻子都与他恩爱非常，相继为他诞下爱的结晶。至于其他绯闻对象，如薛涛、刘采春等风尘女子，可能有些影子，但都没有确凿的证据。

2023年，裴淑的墓葬在陕西咸阳被发现。从墓志铭看，由于一些迷信思想，她并未与元稹合葬。而墓志铭的作者，正好是京兆韦氏家族的韦绚，也是元稹大女儿保子的丈夫，同时也是刘禹锡的门人。可见保子与后妈相处融洽，元稹也教育有方，这也算是为这个多人早亡的家族，谱写了一个不错的后续结局。

二、独自面对人生意外

孤独感是现代人常见的一种心理困扰。学会与孤独感共存，是我们的必修课程。好在有诗人告诉我们，在孤独之中，我们也可以更深入地了解自己，更清晰地看到生活的本质。

李商隐，字义山，号玉溪生，又号樊南生，生于怀州（今河南沁阳）。他与杜牧合称"小李杜"，与温庭筠合称"温李"，与李白、李贺合称"三李"，又因与好友段成式、温庭筠诗风相近，三人都在家族中排行第十六，合称"三十六体"。《唐诗三百首》中收录李商隐诗的数量，排名第四，仅次于李杜与王维。

属于自己的情绪日记

在唐诗"三李"中，李白的诗浑然天成，像是大手笔的奇幻电影或风景纪录片；李贺的诗则是借古讽今的恐怖片，相当于唐诗版的《聊斋志异》；而李商隐的诗，则是不折不扣的意识流文艺片。读者可以从中体会出美，却又弄不清楚他到底想表达什么，再加上他的很多诗都名为《无题》，更让创作背景显得扑朔迷离。但如果你了解李商隐的故事，便会明白，他的许多诗都是记录自己情绪的日记，并不求他人看懂。

李商隐的名字是父亲取的，源于秦末汉初的隐士"商山四皓"。当年汉高祖数次请求这四位老人出山，都没成功，后来太子刘盈终于请来了他们。刘邦本想改立继承人，但看到德高望重的"商山四皓"辅佐太子，最终打消了这个念头。李商隐的父亲大概有这么一个想法：将来我的这个儿子即便隐居起来，也会被皇家上赶着送聘书，根本不愁没有好工作。然而，李商隐几乎终生都在为工作发愁，恰如商末隐士伯夷、叔齐那样艰难度日。

李商隐家有"一门三进士"的光荣事迹，但祖上数代都是县令、县尉之类的小官。他幼年时跟随上任的父亲去了浙江，可不到十岁，父亲就去世了。父亲早亡、家道中落，这似乎是许多唐朝官宦世家出身的诗人的人生模板。

从接下来的人生经历来看，李商隐更有发愁的资格。李商隐在父亲死后，一度靠替人抄书来挣点口粮。唐文宗大和三年（829年），李商隐搬到洛阳，遇到白居易、令狐楚等老前辈。令狐楚是他的伯乐，不但教他写文，还请他当自己的幕僚，让他"半工半读"。大概李商隐的文章并不适合考试，他屡试不第，甚至曾在王屋山和道士住在一起，修习道术。这条路，当年李白也试过。

大李和小李都不是真正愿意出家的人，我们今天甚至已经不知道他们的道号是什么。可以确定的是，一个人骨子里的浪漫是掩盖不住的。李商隐注定要返回世俗之中。唐文宗开成二年（837年），在个人努力和令狐楚儿子令狐绹的推荐下，李商隐终于中了进士。可李商隐没有家族背景的支持，中进士并不等于有官做。李商隐次年还是夫了泾原节度使王茂元帐下，继续做幕僚，还当了王茂元的女婿。晚唐时期，朝廷出现了持续数十年的牛李党争，李商隐当然也卷入这个绕不过的是非旋涡中。他的岳父被认为是李党，而恩公令狐楚则是牛党。

和许多诗人一样，李商隐并没有在官场左右逢源的能力。接下来的人生中，他只做了校书郎、县尉、正字之类的小官，但时间都不长久，更多时候是赋闲在家或者辗转各地做幕僚。坎坷的工作经历，加上多位亲属早逝，让李商隐心中充满了忧虑。所以他的许多诗句，也可以看作是他的情绪日记。难得的是，那些写给自己看的诗句，被李商隐赋予了特殊的美感。如果说其他诗人的作品能够成为流行歌曲，那么李商隐的作品就像是昆曲，有一种"小而美"的华丽感。同时他又特别爱用各种晦涩的典故，没有注释，读者基本看不懂；有注释之后，读者也只能理解字面意思，还是看不太懂。

相见时难别亦难，东风无力百花残。
春蚕到死丝方尽，蜡炬成灰泪始干。
晓镜但愁云鬓改，夜吟应觉月光寒。
蓬山此去无多路，青鸟殷勤为探看。

以上是李商隐多首《无题》诗中的一首。其他诗人的作品，大概率会将相关的事物放在一起，比如高山和飞鸟、明月和神仙等，可李商隐却将东风、蚕、蜡烛、镜子和神话传说等现实中不会关联的事物组合在一起，形成一种特殊的超现实感。如果这些诗唱出来，大概是电视剧中《青城山下白素贞》的曲调，舒缓中带着一些忧伤，笔者在二十世纪九十年代就玩过这样的"嫁接"。虽然时间跨越千年，但是人的感情整体变化不大，来来回回依旧为生活中常见的几件事或悲或喜。

当心绪无人可说、无处可诉时，写情绪日记便是一件很适合做的事情。在悲伤之时，李商隐常用含蓄象征的手法、精工富丽的辞采、婉转和谐的韵调，曲折细微地去表现深厚的情感。这些朦胧的作品，无不透露出四个字——欲说还休。

现代的许多研究已经证明，通过记录情绪日记，人们可以更加清楚地了解自己的情绪状态和情绪变化。这种自我觉察有助于人认清情绪对自己行为和思维的影响。情绪日记还可以帮助人识别出触发特定情绪的情境或事件。因为人往往无法意识到自己当时的情绪，但通过长期记录，可能会发现一些情绪触发的模式和规律，这对于预防和控制心理疾病非常有用。

写作本身就是一种表达和释放情绪的方式。李商隐将内心的感受以文字的形式记录下来，有助于减轻情绪的压抑感，提供一种情绪的宣泄途径。同时，这也能提升个人的心理韧性和适应能力。李商隐没有像孟浩然一样放弃对仕途的追求，而是每次赋闲几年之后，都积极寻找新工作，甚至会向表面上已经闹翻的令狐绚写自荐信。这种不服输的念头，虽然不如李白等人那么张扬，但也可以作为普通失业青年的表率。

可惜的是，岳父等亲友并没能助力李商隐的仕途。虽然他在文坛上有很多朋友，甚至包括白居易这样的领袖级人物，但这些人也没能给他推荐一份理想的工作。李商隐也向自己的表兄杜悰写过求职信，在《五言述德抒情诗一首四十韵献上杜七兄仆射相公》中表达了自己的品格："恶草虽当路，寒松实挺生。人言真可畏，公意本无争。"这首耿直的长诗没有得到回信。李商隐还给杜悰的堂弟杜牧写过两首夸赞的诗，也没有下文。不是这些人不重视人才，而是当时的朝堂党争激烈，谁也不愿意蹚浑水，去提拔一个没有政绩的诗人。

将孤独化作美

李商隐最著名的诗作之一是他的情诗。他早年似乎有一位名叫柳枝的恋人，可惜两人并未成婚。婚后，李商隐与结发妻子王晏媄情深义重，他的许多朦胧诗都可能是写给妻子的情书。中年时王氏早逝，他又写下许多悼亡的诗句。在写给王氏的众多诗句中，李商隐一改自己爱用典故的习惯，文字变得浅显。

此夜西亭月正圆，疏帘相伴宿风烟。
梧桐莫更翻清露，孤鹤从来不得眠。

这首《西亭》是唐宣宗大中五年（851 年）秋李商隐在洛阳崇让坊王宅中所写，其妻子刚于本年去世。这对夫妻虽然恩爱，可是聚少离多。李商隐大致是不想让妻子再费脑筋思考各种典故，在另一首著名的《夜雨寄北》中，也是直白得无以复加。

君问归期未有期，巴山夜雨涨秋池。
何当共剪西窗烛，却话巴山夜雨时。

这首诗连用了两个"巴山夜雨"，是在诗中不常见的，甚至有些忌讳的手法。刘勰在《文心雕龙·练字》中就提到了这种忌讳。估计在很多人看来，只有没词的诗人才会这么重复用字。但李商隐此处不"避重字"，不但不显得没文化，反而透露出另一层意思：我很想和你聊聊天，即便没有什么大事发生，聊聊眼前的这场雨也好。也就是说，在诗人眼中，婚姻给人的感觉是，虽然平凡，但想和你分享一切，二人可以一起兴致勃勃地谈论很多无聊的话题。由于李商隐并没有明确表示这首诗是写给妻子的，许多人也认为它是写给男性友人的，甚至还有人觉得是写给情人的。

可能是由于家人的要求，李商隐自称是唐朝的远房宗室，但是这一身份并没给他带来什么红利。更悲惨的是，他父亲早亡，母亲在他初入仕途时去世，三位姐姐也都不幸早逝。大姐早夭，二姐嫁给当时河东望族裴氏，被称为"裴氏姊"，十九岁时去世。三姐"徐氏姊"，夫妻二人都早亡，留下一双儿女给李商隐抚养。李商隐对三位姐姐都有很深的感情，尤其是裴氏、徐氏两位姐姐之死更成了他的心病，这在他的祭文《请卢尚书撰李氏仲姊河东裴氏夫人志文状》《祭徐氏姊文》《祭徐姊夫文》中都有体现。此外，李商隐还有多位早逝的亲人，如弟弟的女儿，他也为此写了《祭小侄女寄寄文》。唐武宗会昌三年（843年）冬季至会昌四年（844年）正月，李商隐将故去多时的叔父、裴氏姊、侄女寄寄等人，迁回荥阳祖坟重新下葬，并分别写了祭文。当一个人和故去的亲人好好告别时，也会让他更加关注自己的内心世界，打破平时的压抑状态，表达出真实情感。

　　李商隐将自己的悲痛化为文字，甚至变成了一种才华。他的作品中有大量祭文，其才华更是得到了《旧唐书》的官方认可。或许是反复的悲痛体验，让他更注重心灵的探索。如果他也有类似"诗圣""诗狂"的绰号，那么很可能叫作"诗魂"或"诗灵"。在社会夹缝中生存的他，不能直抒胸臆，因此他的作品中出现了各种看似不搭边的意象。他爱写神仙鬼怪，不少作品风格与李贺接近。但让很多现代读者难以置信的是，古代文学家评价李商隐，最多的评语却是其作品"有杜甫之风"。李商隐本人也极其崇拜杜甫。如他晚年的一首《江东》，风格就神似杜甫在成都草堂时的作品。此时是他人生中第二次涉足江南地区，正是幼年经历的复演。

惊鱼拔剌燕翩翾，独自江东上钓船。

今日春光太漂荡，谢家轻絮沈郎钱。

李商隐甚至假想过杜甫在一场宴席中主动离群的场景，于是写下了《杜工部蜀中离席》。那一刻，仿佛杜甫之魂穿越到了他的身上。即便再不得志，李商隐也不会放弃原有的性格。

人生何处不离群？世路干戈惜暂分。

雪岭未归天外使，松州犹驻殿前军。

座中醉客延醒客，江上晴云杂雨云。

美酒成都堪送老，当垆仍是卓文君。

适当的离群确实具有积极意义，它可以带来创造力的提升。因为与创造力有关的一项性格特征就是独立性，而喜欢独处正是独立性的一种表现。独处的环境可以让人的大脑处于平静休息状态，减少外界干扰，从而有利于创新思维和创造力的产生。同时，积极的独处并不是由于不会社交而被迫做出的选择，而是个体主动选择的一种生活方式，这能让人更清晰地观察环境、认知自我，完成情绪上的自我更新，有益于心理健康和生活满意度的提升。

李商隐经历了许多晚唐的动荡，这与杜甫所遭遇的安史之乱不相上下，他也因此写下了许多哀叹时世的诗歌。例如，在甘露之变后，仇士良等宦官把持朝政，李商隐写下《有感》。几年后，他仍觉得心结未解，又写下《重有感》。如果把这些诗句单拿出来，确实与杜甫的风格高度神似。

岂有蛟龙愁失水，更无鹰隼与高秋！
昼号夜哭兼幽显，早晚星关雪涕收。

在另一首更著名的《贾生》中，李商隐以贾谊自喻，倾泻出怀才不遇的悲愤。每当他的情感积蓄到顶点、澎湃而泄的时候，那些晦涩且华丽的典故就都不见了，取而代之的是一位直抒胸臆、满腔愤怒的青年形象。

宣室求贤访逐臣，贾生才调更无伦。
可怜夜半虚前席，不问苍生问鬼神。

在这些诗中，我们看到了一个厚重的李商隐：他不止会拍意识流文艺片，更有许多现实主义的情怀。那些朦胧的言语，只是现实生活的隐晦表达。最著名的便是《登乐游原》中的"夕阳无限好，只是近黄昏"。人生无常、时光易逝，眼前这不仅是今日的黄昏，也是他自己的黄昏，更是大唐的黄昏。

李商隐的才华让老前辈白居易赞叹不已，甚至白居易表示下辈子愿意成为他的儿子。在白居易死后，李商隐果然有了儿子，起名白老。可白老愚钝，毫无诗才。而另一个儿子李衮师则比较聪慧，当时人们都说他才是白居易转世。从名字上看，李衮师预示着要当皇帝或者高官的老师，就像白居易最高做到太子少傅一样。可是历史仿佛又给李商隐开了个玩笑，李衮师后来并没有什么大的建树，寂寂无闻地淹没在了历史的洪流中。

李商隐这一生，正如小说《活着》一般，充满了艰辛与坎坷，却也饱含着对生命无尽的热爱与坚韧。他的一生是文学与情感的交织，是理想与现实的碰撞，更是对自己内心深刻的洞察与反思。

最重要的是，他用诗词点亮了黑暗，让我们知道在唐末乱世天空之中，还有以他为代表的璀璨星辰。他告诉我们，再险恶的环境中，也依然有些人会坚持对爱情的执着、对友情的珍视、对国家的牵挂，以及对一切美好事物难以割舍的喜爱。

三、自渡：失败后的思考

许多来访者在提到失败时，会陷入强烈的负面情绪中。我在安抚完他们之后，会提供一个新的思路：失败并不可怕，可怕的是失去思考的能力。除了逃避或抱怨外，我们还能够主动寻找解决问题的方法。

杜牧，字牧之，京兆（今陕西西安）人，按家族排行称为"杜十三"。他出自名门京兆杜氏，祖父是宰相杜佑。他和杜甫是远房亲戚。西晋名将杜预有四子"锡、跻、耽、尹"，杜耽为杜甫先祖，杜尹则为杜牧先祖。

人生的另一种可能

从家世上看，杜牧大概会像两次成为宰相孙女婿的李白那样，终身衣食无忧。但现实给杜牧开了个大大的玩笑。《唐才子传》中记载："牧美容姿，好歌舞，风情颇张，不能自遏。"他本来是贾宝玉一样的翩翩公子，但在少年时期，祖父、父亲相继去世，分家后尤其变得贫困。他在《上宰相求湖州第二启》说："母亲带着一家人，来到延福里破败的家庙暂住。长兄骑驴到处求人接济，自己和弟弟需要挖野菜果腹，夜里连蜡烛都没有。"放到现在，相当于身为宰相之孙的大哥，只能骑着一个电瓶车到处搞众筹，而他们住的地方甚至还没有电灯。

苦难最大的好处，是提醒人之后不要再次堕入其中。正是这段贫困的生活，让杜牧多了一份对人生的思考，而不是像李白那样，终身都是少年心性。杜牧在挖野菜的同时，也读了大量经史著作，总结出许多历史发展的规律。一个人的历史也与一个国家的历史相似，人经常反思，就能少走许多弯路。

在心理咨询中，有一种被称为"生命故事线索图"的工具。来访者可以通过绘制它，系统地回顾和整理自己的一生，包括重要的事件、转折点、情感体验。它会让个体更加清晰地认识自己，理解自己的心理发展历程和人生轨迹，从而找到解决问题和面对挑战的勇气和方法。

杜牧没有像大部分诗人那样，用大量的词句抒发自己的情怀，而是常常思考历史的另一种可能性。他在二十三岁时，就写出了《阿房宫赋》，其中细致的建筑描写，丝毫看不出想象成分，甚至被很多读者当成历史事实。在这篇赋中，杜牧总结出"使六国各爱其人，则足以拒秦；使秦复爱六国之人，则递三世可至万世而为君"的道理。六国和秦国相继灭亡，是由于不爱惜人民。事实上，任何一个朝代的覆灭，都有这方面的原因。一些统治者只顾着自己的享乐，从不吸取任何历史教训。正如《泊秦淮》中描写的晚唐假性繁华，与当年陈后主时代相比，又有什么区别呢？

烟笼寒水月笼沙，夜泊秦淮近酒家。

商女不知亡国恨，隔江犹唱后庭花。

在后人看来，这样的场景既可悲又可笑，但放到自己身上，又主张及时行乐了。历史何其相似，南宋林升也写出了《题临安邸》："山外青山楼外楼，西湖歌舞几时休？暖风熏得游人醉，直把杭州作汴州。"杜牧甚至还写了一首类似打油诗的《过骊山作》，来反讽秦始皇，也为百姓叫苦。

始皇东游出周鼎，刘项纵观皆引颈。
削平天下实辛勤，却为道旁穷百姓。

如果只懂得道理，肯定无法过好一生。杜牧还是一个实干家，他会总结各种现象产生的原因，从更高的视角来观察历史。他并不简单止步于撰写诗文，还认真注解了曹操所编定的《孙子兵法》十三篇，并著有《罪言》《战论》《守论》《原十六卫》等文论述军事。在《赤壁》一诗中，他就认为周瑜是利用了气象，来打赢战争。

折戟沉沙铁未销，自将磨洗认前朝。
东风不与周郎便，铜雀春深锁二乔。

只要我们用心寻找对方的弱点，再强大的敌人也有可能被击败。如果目前实在找不到对方的弱点怎么办？答案也很简单，杜牧在《题乌江亭》中告诉我们，先忍一忍，将来找个机会，总能再杀回来。

胜败兵家事不期，包羞忍耻是男儿。
江东子弟多才俊，卷土重来未可知。

杜牧通过这些分析，展现出历史的另一种可能，也展示了人生的另一种可能。杜牧作为文人，又熟知兵法，如果他能好好总结自己的哲学思想，可能会成为王阳明那样的一代宗师。然而哲学思想并不是大唐的主流，诗人们还是更关注美学。唐玄宗开元元年（713 年），中书省被改置为紫微省，中书令也随之改为紫徽令。因为紫微星在古代天文学中是帝星，以及紫薇花名与"紫微"的谐音和字形相近，中书省在改名后便广泛种植紫薇花，也因此被称为紫薇省。杜牧曾官至中书舍人，写了一篇名叫《紫薇花》的七言绝句，与李白的《清平调》风格类似，但内涵又大有不同。

晓迎秋露一枝新，不占园中最上春。
桃李无言又何在，向风偏笑艳阳人。

紫薇不与群花争春，有着淡雅高洁的风骨。杜牧以花喻人，一字不提紫薇，却句句在写紫薇，由此也落下了"杜紫薇"的称号。杜牧的诗歌也如同紫薇花一般，虽不张扬，却散发出独特的芬芳。然而当权者并未被杜牧唤醒，唐朝已经像是飞速下滑的过山车，不可逆转地朝着终点奔去。

在历史中寻找自我

唐文宗大和七年（833 年），杜牧被淮南节度使牛僧孺授予推官一职，在扬州居住两年多，于大和九年（835 年）重回长安。在扬州的日子，杜牧充分展现了自己的风流倜傥、不拘小节，直到十年后，他还怀念这段时光，留下了一首《遣怀》。

落魄江湖载酒行，楚腰纤细掌中轻。
十年一觉扬州梦，赢得青楼薄幸名。

这首诗常被人误解为杜牧是在扬州玩耍了十年，实际上他只是对自己当年行为的自嘲，出发点与鲁迅著名的《自嘲》类似。当发现自己的政见在朝廷上不被采纳时，杜牧多次请求到江南外任，并在唐宣宗大中四年（850年）如愿赴吴兴（今浙江湖州）任刺史，于是又写了一首自嘲的诗，即《将赴吴兴登乐游原一绝》。

清时有味是无能，闲爱孤云静爱僧。
欲把一麾江海去，乐游原上望昭陵。

当时国家正是多事之秋，并非"清时"，自己也绝非无能，但是杜牧偏要装出一副毫不在意的样子，就像《大话西游》结尾中默默离开的孙悟空一般。只是那回头望埋葬李世民的昭陵的举动，透露出他打趣背后的沉重。此刻戛然而止，不再多言，更显出杜牧内心的憋屈。

面对各种不公平，杜牧只能宽慰自己，时间对于每个人都是公平的，那些现在混得好的人，将来也会衰老、会失势。大中元年（847年），杜牧在《送隐者一绝》中就感叹道：这白头发，不饶你，也不饶我。

无媒径路草萧萧，自古云林远市朝。
公道世间唯白发，贵人头上不曾饶。

适度的自嘲，是一种幽默感的体现。弗洛伊德认为，幽默是一种心理防御机制。在面对焦虑、冲突和压力时，幽默的自嘲，可以减轻内心冲突、维持心理平衡，使个体更好地应对困境。当个体面临批评、羞辱或自我怀疑时，也可以通过自嘲来化解尴尬和不悦。此外，自嘲也能用来缓解紧张的人际关系。

但幽默感如果随便用在他人身上，就容易引发问题。杜牧写诗描述他人时，常会用严肃的态度看待苦难。杜牧在去扬州之前路过金陵，看见了被赶回老家的前朝妃子杜秋娘，她如今又老又穷，就作了《杜秋娘诗》。诗中附了一段注，是杜秋娘年轻时唱的《金缕曲》："劝君莫惜金缕衣，劝君惜取少年时。花开堪折直须折，莫待无花空折枝。"或许同样的姓氏，让杜牧将这位老太太当成了自己的家人，不能再自嘲"咱俩同样不如意"。相较之下，李商隐的玩笑就容易引发矛盾。他给杜牧写过两首诗，杜牧都没回复。第一首是《赠司勋杜十三员外》。

杜牧司勋字牧之，清秋一首杜秋诗。

前身应是梁江总，名总还曾字总持。

心铁已从干镆利，鬓丝休叹雪霜垂。

汉江远吊西江水，羊祜韦丹尽有碑。

前四句打趣了杜牧和江总相似。江总是南北朝时期的亡国宰相，奢侈无度。杜牧自嘲沉溺于青楼还可以，但是不熟悉的人这么说，就不容易被接受。后四句说杜牧一定会青史留名，这确实是夸赞，但也容易让人认为杜牧是生平不得志，甚至已经走到了人生的最后时刻。李商隐的第二首《杜司勋》倒是收敛了许多："高楼风雨感斯文，短翼差池不及群。刻意伤春复伤别，人间惟有杜司勋。"不过由于李商隐是党争中的敏感人物，杜牧依旧没回复。小李杜并没能延续大李杜的友情，这不得不说是历史的一大憾事。

比起交友，杜牧更关注的是国家的和平。在《题木兰庙》一诗中，杜牧既展现了木兰的英勇形象，又深入挖掘了她的内心世界。同时又暗示，当年尚武的大唐气象，如今已经不复存在。当一个国家需要靠女人的牺牲来保全时，又是多么可悲。

弯弓征战作男儿，梦里曾经与画眉。

几度思归还把酒，拂云堆上祝明妃。

杜牧并不是简单地将这种悲情视为不可逆转的命运，而是试图通过文学的方式对其进行合理化，揭示这一现象背后的原因和意义：皇族与官僚沉迷享乐，只知道压榨普通百姓来维持和平。面对积重难返的晚唐，人微言轻的杜牧并没有能力让它重回巅峰。

在不得志时，杜牧时常会给自己一些放松的空间。他越是焦头烂额，越是要豁达坦然。这也让杜牧成为晚唐难得的潇洒诗人。有趣的是，小李的风格对应大杜，小杜的风格反而对应大李，甚至杜牧的字与号都和李白相近。李白字太白，杜牧字牧之，都是名直接加上一个辅助的字，号也都是用花朵"青莲""紫薇（微）"。清代管世铭在《读雪山房唐诗》凡例中说："杜紫微天才横逸，有太白之风，而时出入于梦得。"二李和二杜，又都分别出自同一望族，也都是一贫一富。但在这四人当中，杜牧官运最好，其子也至少有两人做了不算低的京官。从历史角度来看，杜牧不但登上了自己家族的又一次高峰，也给晚唐留下了最后一次辉煌。

杜牧晚年居住在樊川，写下《樊川文集》，因此被称为"杜樊川"。他与"大李杜"和李商隐一样，都是用地名做自己的号。可惜的是，由于对之前的某些作品不满意，杜牧晚年烧掉了自己的部分作品。这可以看作是提前为行将就木的大唐烧去了纸钱。在杜牧去世五十五年后，即唐哀帝天祐四年（907年），大唐正式画上了句号，从此永远封存在历史的记忆中。

我们为什么要读唐诗

鲁迅曾说："我以为一切好诗，到唐已被做完。"对于每位读者来说，唐诗是他们从小学习的内容，还能写出什么新东西？从一个心理工作者的角度来看，当今人们大多不如古人那般潇洒闲适。现在流行的"公园二十分钟效应"，给许多身处繁忙都市中的人们带来片刻的解压。如果你的周围没有公园，读唐诗是很有性价比的放松方式。

在 2017 年的一项研究中，科学家们发现背诵诗歌竟然能激活大脑中的奖赏区域，也就是那个让我们感到快乐和满足的地方。音乐也能做到这点，但诗歌带来的大脑反应很特别，大概是由于诗歌不仅有节奏感，还有文字呈现的意境。尽管具体机制还不完全清楚，但诗歌作为非药物疗法，似乎能缓解患者的痛苦。

长时间的压力就像慢慢侵蚀墙壁的水，会悄悄改变我们的大脑结构。同理，长时间的正向影响，也会带来好的改变。2016 年，在巴西马拉尼昂大学的研究中，科学家们给 65 位癌症患者播放音乐或朗读诗歌。结果显示，音乐和诗歌都能缓解患者的痛苦和抑郁，但诗歌还有一个特别的好处，它能增强患者的希望。研究人员认为，这可能是因为诗歌能打破对于疾病的"沉默"状态，让我们愿意谈论它。当某些诗句触动我们内心时，这种能量就能开始治愈我们。有时我们的语言可能无法准确描述我们的感受，但诗歌却可以做到。

在写这本书时，笔者正在经历迄今为止人生最复杂的一年。诗人们曾遇到的各种问题，笔者在几个月内体验了一遍。但万幸的是，这本书还是在波折中完成了。笔者撰写这本书的日子，也是重新和诗人们交友，深受他们的经历和作品影响的过程。当洗涤心灵的诗歌和大唐这一特殊的历史时期相结合时，产生出一种奇妙的化学反应。

唐代是中国历史上最强盛的时代之一，是一个文化高度融合的时代，华夏堪称世界的中心。唐朝也是历史的重要分水岭。在经历了南北朝和隋末的动荡之后，李唐皇族展现出了多元文化的特色，其开放的政策促进了不同文化的交流与融合，使得唐朝成为了一个文化多元的社会。就像柏杨先生所说的中华酱缸文化一样，在唐朝，来自世界各地的原材料在酱缸中成熟，给读者们送上了口感丰富的酱，而唐诗无疑是其中最浓郁的一种滋味。在唐诗中，我们看到古人自信的一面，也重新感悟了这段历史。

　　唐朝是中国古代史的年轻时期，就像二十多岁的青年，既有几分成熟，也有用不完的活力。此时他一定是第一次创业成功，嘴角高扬，牙齿雪白，脸上带着遮掩不住的笑容。而诗人们则在青年的嘴边添加了一连串的笑声，从微笑、大笑、强笑到苦笑，时间也走过初唐、盛唐、中唐、晚唐。这些过程让唐诗既有上帝视角的超越，也有脚踏实地的回归现实。

　　在唐朝，写诗是科举考试的重点内容，催生出大量的诗人。但我们今天熟悉的大部分唐诗却不是试卷上的文字，而是当时的 freestyle（即兴说唱），即用易懂的语言、押韵的方式表达感情，并没有那么晦涩和矫情。唐代也是中国最后的任侠时代，这体现在唐传奇中，而这种豪气也在许多诗人的文字中展露无遗。

诗人们的生平大多语焉不详，而他们生前的零星故事，都散落在其作品中。从整体上来看，关西诗人偏浪漫主义，关东诗人偏现实主义，但诗人们在四处游历之后，文化实现了融合，个人形象和作品也都变得更立体。如今在我们的文化中，也有融合文化留下的影子。

在本书中，每一个诗人都或多或少和李白进行了对比。不夸张地说，笔者给了他最高的关注。李白是绝望中的强心剂。即便在临终前，他依旧自比大鹏，写出了《临路歌》。但他此时的文风，也有些晚唐李商隐的气息，甚至有些黛玉葬花的感觉。可见人的暮年和王朝的暮年，总有高度相似之处。

大鹏飞兮振八裔，中天摧兮力不济。
余风激兮万世，游扶桑兮挂石袂。
后人得之传此，仲尼亡兮谁为出涕？

读唐诗，让我们不再妄自菲薄。大家可以像李白那样，能在大起大落之后，依然敢再次闯荡世界，喊出一句"两岸猿声啼不住，轻舟已过万重山"，越是胆战心惊时，越要活得潇洒。

纵观中国古代史，多数诗人怀有从政之志，然而命运多舛，很多人遭受贬谪。或许是诗人们大多情感丰富，而官场却需要严密的逻辑和冷静的判断。但也正因如此，"悲愤出诗人"，使我们看到了许多好作品。

唐朝是诗歌发展的鼎盛时期，涌现出了大量著名诗人和经典诗作，给后世留下了极为深远的影响和难以超越的高度。从心理角度来说，诗歌是情感的表达。而后世文人越来越注重实用主义，即逻辑层面的表达。还好，先人给我们留下这么多的唐诗，让我们在紧张的工作生活中得以喘息，让自己的心情，暂时徜徉于美的长河中。

新时代新征程，唐诗中的美感和现实，已融合在我们古老民族的智慧中，在今日和未来，唐诗仍将继续发光发热。现在，正是重读唐诗的好时候。

最后，笔者用一组《采桑子·感李白》，作为整本书的结尾。

（一）

宫门酒客逛世间，三分念月，七分论剑，醉口一吐半长安。

名震牛斗雅情闲，九天采日，五洋捉鼋，金牌何奈酒中仙？

（二）

独步神州览奇观，东游齐鲁，南踏庐山，敢骑鹤背问苍天。

斗酒醉卧诗百篇，笑动天地，悲碎心肝，人景相趣两不厌。

（三）

太白星君降尘凡，下观黎庶，上叩金銮，感怀三谢不能餐。

停杯四顾行路难，时有壮志，时有茫然，世间谁解天上言。

（四）

天子呼来不上船，青崖放鹿，翠岭观鸾，巫江曾闻几声猿。

高山碧水总流连，行仿陶潜，住效谢安，胸中自有壶中天。